Annette Pehnt
Hier kommt Michelle

PIPER

Zu diesem Buch

Michelle ist jung, hübsch und Studienanfängerin. In ihrer neuen WG sorgt sie gleich für einen Putzplan. Ansonsten nimmt das erste Semester an der Eliteuniversität Sommerstadt sie voll und ganz in Beschlag. Sie meldet sich überall an und will von Mensa bis Modul alles richtig machen, aber Fußnoten sind ihr ein Buch mit sieben Siegeln. Sie muss sich durchschlagen, doch bald merkt sie, dass fleißiges Lernen sich wirklich auszahlt – auch wenn altmodische Privatdozenten immer noch so etwas wie wissenschaftliche Neugier erwarten. Michelle entscheidet sich lieber für ein Auslandssemester in Schottland und versucht, ihren abtrünnigen Liebhaber zu vergessen …

Annette Pehnt, geboren 1967 in Köln, lebt und arbeitet als Autorin und PH-Dozentin in Freiburg. 2011 hatte sie die Poetikdozentur Bamberg inne. Ihre literarischen Arbeiten sind mit zahlreichen Preisen ausgezeichnet worden, darunter mit dem Italo-Svevo-Preis und zuletzt mit dem Hermann-Hesse-Preis. »Hier kommt Michelle« ist ihr fünfter Roman. Zuletzt erschien von ihr die »Chronik der Nähe«.

Annette Pehnt

Hier kommt Michelle

Ein Campusroman

Piper München Zürich

Mehr über unsere Autoren und Bücher:
www.piper.de

Von Annette Pehnt liegen bei Piper vor:
Ich muß los
Insel 34
Herr Jakobi und die Dinge des Lebens
Haus der Schildkröten
Mobbing
Man kann sich auch wortlos aneinander gewöhnen das muss gar nicht lange dauern
Chronik der Nähe
Hier kommt Michelle

MIX
Papier aus verantwortungsvollen Quellen
FSC® C083411
www.fsc.org

Ungekürzte Taschenbuchausgabe
Piper Verlag GmbH, München
Dezember 2012

Erstausgabe: Jos Fritz Buchhandlung Antiquariat Verlag GmbH, Freiburg 2010
Umschlaggestaltung und -illustration: Kornelia Rumberg, www.rumbergdesign.de
Satz: Kösel, Krugzell
Papier: Munken Print von Arctic Paper Munkedals AB, Schweden
Druck und Bindung: CPI – Clausen & Bosse, Leck
Printed in Germany ISBN 978-3-492-30082-7

VORWORT

In Vicki Baums Roman Menschen im Hotel heißt es am Schluss programmatisch: »Was im großen Hotel erlebt wird, das sind keine runden, vollen, abgeschlossenen Schicksale. Es sind nur Bruchstücke, Fetzen, Teile. […] Die Drehtür dreht sich, und was zwischen Ankunft und Abreise erlebt wird, das ist nichts Ganzes.« Tatsächlich bleibt das persönliche Erleben der Hotelbewohner nicht nur unabgeschlossen, sondern auch recht vage und nebulös vorsprachlich. Dauernd wissen die Protagonisten nicht so recht, wie ihnen ist; sie finden keine Worte für das, was sie »aufpumpt«. Etwas scheint mit ihrem »Leben nicht ganz richtig zu sein«, aber sie wissen nicht, was genau ihnen fehlt. Wenn Vicki Baum in den Nachttischschubladen ihres Grand Hotel nachschauen würde, fände sie da zwar eventuell wertvolle Perlen, vielleicht auch ein paar wenig gelesene Gideon-Bibeln, jedoch wenig Aufschluss über das Innenleben ihrer Protagonisten: keine Tagebücher, keine Romanmanuskripte, nicht einmal einen Versuch, das Treiben im Hotel, die Shortcuts der durch die Drehtür gefächerten Realitätssplitter sprachlich zu belichten. Das mussten Vicki Baum und ihre Erzählerfigur schon selbst besorgen.

Anders ist das an der bekannten südwestdeutschen Bildungsinstitution, an der die Handlung von Hier kommt Michelle angesiedelt ist. Zwar gibt es auch hier eine Drehtür, die das Rein und Raus, das Hin und Her im Haus grob strukturiert. Zwar lässt sich auch hier sagen: »Die Drehtür dreht sich, und was zwischen Ankunft und Abreise erlebt wird, das ist nichts Ganzes.« Jedoch brauchen hier nicht alle Mitspieler Vicki Baums Sprachfindungsnachhilfe. Mit ein wenig Menschenkenntnis und Sensibilität spürt man besonders im Eingangsbereich neben der Drehtür eine immense Texterzeugungsenergie, die hier Sekunde für Sekunde in einzelnen Passantenköpfen entladen wird. Romane brezeln da durch Gehirne: Hier eine Spätadoleszenznovelle, in der ein Pony krank wird, da ein autobiographisches Liebesgedicht, in dem ein fremder Körper erforscht wird, dann eine Ode, in der ein Besuch im Zoo zu einer Allegorie menschlicher Existenz ausgebaut wird. Dieses Vertextungsmeer bringt natürlich auch jede Menge Unrat und unbrauchbares Treibgut an die Oberfläche. Man muss also genau hinschauen, um die ganz großen Schätze zu heben, hinein in die Köpfe der durch die Drehtür gedrehten Passanten, in ihre Mappen und Taschen, in ihre Schreibtisch- und nicht zuletzt in ihre Nachttischschubladen.

Bei dem vorliegenden Roman handelt es sich um einen solchen Schubladenfund. Die Urfassung lag bis vor Kurzem in einem grauen Rollcontainer der oben erwähnten Hochschule und war mit dem Aktenvermerk »Abfall« versehen. Damit qualifizierte sich der Roman für das Programm der Text-Mission. Der nicht eingetragene Verein will sich der geringsten Brüder und Schwestern unter den Texten annehmen und ihnen in Form einer kleinen Auflage ein textwürdiges Dasein ermöglichen – natürlich in der Hoffnung und mit der Zuversicht, dass gerade verworfene Steine zu Ecksteinen werden.

Friedemann Holder
Freiburg, im Juli 2010

VORWORT ZUR DRITTEN AUFLAGE

Eine von etwa fünf möglichen religiösen Erfahrungen bestehe darin, sich gerettet zu wähnen, behauptete William James in seiner Gifford-Vorlesung, die er 1901–1902 in Edinburgh vortrug. Ein »grauenvolles Empfinden, das das Blut gefrieren und den Herzschlag stocken lässt« weicht plötzlich einem Zustand der »Sicherheit«. Die subjektive Gewissheit, einmal im Himmel mit dabei zu sein, stellt sich freudig ein und wird als Bekehrungserlebnis verbucht. Man muss es sich wohl wie bei verunglückten Bergsteigern vorstellen: Sie werden aus Gefahren geborgen, die oft von Angst und Todesnähe begleitet sind, kehren aber dann, in Alufolie eingewickelt, in die familiäre Sicherheitszone zurück und fühlen sich wie neugeboren. Nicht wenige reden anschließend ausführlich davon, wie viel sie am Berg über sich und ihr Leben gelernt haben und wie stark ihre Lebensperspektive dadurch verändert wurde.

Leider sind Bergungs- und Rettungsangebote nicht immer seriös und fallen oft nicht zur Zufriedenheit der Geretteten aus: Bahren und Tragen müssten dringend ausrangiert werden, die Bergungshelfer sind betrunken, die Bernhardiner blind, die Rumfässchen leer. Michelle selbst hatte nicht den allerbesten Eindruck von ihren

Bergführern und -rettern, zumindest sieht sie das im Nachhinein so. Direkt nach ihrer Befreiung aus einem alten Aktencontainer war sie jedoch zunächst ganz glücklich: Von den Text-Missionaren des kleinen josfritz.verlags wurde sie gerettet und mit einem stoßfesten Einband und mehreren Vorworten versehen. Sie kam überraschend groß heraus, sogar die FAZ war von ihrer ungewöhnlichen Karriere begeistert.

Ihr Unbehagen begann damit, dass man dieses Buch, dessen Titelheldin sie war, auf Amazon nicht bestellen konnte. Obwohl sie mit ihrer offenen Art den Nerv einer ganzen Studentengeneration getroffen hatte, war es ihren Fans unmöglich, sie auf dem kürzesten Weg in den Warenkorb zu legen. Ihre Freunde und ihre Eltern hätten ihr gerne eine Rezension geschrieben. Das ging nun nicht, weil Amazon aus Sicht des josfritz.verlags ein Killerfisch im Karpfenteich des Buchhandels war und schon viele kleine Buchläden auf dem Gewissen hatte. Überhaupt Freiburg, die Specht-Passage, das Vauban – sie war für eine derartig weltabgewandte politische Verhärmung einfach noch zu jung. Außerdem war das ständige Gelaber von offenen Subjekten, von Empörung und vom Schreiben als Pilgern im Text-Missions-Club einfach nicht ihr »piece of cake«, wie sie seit ihrem Auslandssemester in Bradford sagte. Und um richtig shoppen zu gehen, musste sie immer nach Zürich fahren. An Freiburger Standards gemessen, hatte sie mit großen Marken einfach kein Problem. Im Gegenteil.

Dass sie ausgerechnet bei einer so schwachen Marke wie der Text-Mission angesiedelt war, die zudem unschicke Assoziationen mit einem radikal christlichen Weltbild freisetzte, war ihr ein Dorn im Auge, mehr: ein Pfahl im Fleisch. Nach dem anfänglich bombastischen Rettungserfolg war ihr die karitative Energie, die ihr entgegenkam, bald zuwider. Die einfache Aludecke der Text-Mission taugte ihr nicht mehr. Eine nachhaltige Bergung mit Kanonisierungsperspektiven war nicht in Sicht. An dieser Stelle kam die Piper-Rettungsmannschaft ins Spiel, die Michelle an Bord ihres alarmbereiten Helikopters nahm und sie nach München unter das stabile Piper-Marken-Dach brachte. Von einem kleinen Begrüßungsausschuss wurde sie in der Ingeborg-Bachmann-Lounge zu einer Pressekonferenz erwartet. »Ich bin froh, hier zu sein«, sagte sie bei ihrer Ankunft. »Genaugenommen war es ein Albtraum.« Auf Einzelheiten der Episode wollte sie sich zunächst nicht einlassen, aber dann sagte sie doch: »Wie schlecht die Agenten der Klein- und Billigverlage gekleidet sind, das wollen Sie gar nicht wissen.« Dennoch sei sie sicher, dass auch diese Erfahrung für irgendetwas gut war. Sicherlich habe sie viel Wichtiges über das Leben und über sich selbst gelernt, und bestimmt besitze sie jetzt eine klarere Lebensperspektive.

Friedemann Holder
Freiburg, im August 2012

Dieser Roman ist larmoyant, verbittert, arrogant, ungerecht und unpsychologisch; er enthält Stereotypen, Versatzstücke, Gesellschaftskritik, Verhöhnungen, Polemik und ein negatives Weltbild. Ähnlichkeiten zu lebenden Personen sind beabsichtigt.

Here comes the sun,
and I say: it's alright.

Hier kommt Michelle eine reizende junge Abiturientin mit einem schmalen, flinken Körper, einer raschen Auffassungsgabe und einer ausgeprägten Schwäche für Katzen. Im Moment kann sie aber keine halten, denn sie weiß nicht, wo sie die nächsten Jahre verbringen wird, und Katzen brauchen Sicherheit. Michelle dagegen ist bereit, einiges auszuprobieren, schließlich hat sie sich in den letzten Jahren sehr am Riemen gerissen, und gelohnt hat es sich, das sagt jeder, und sie selbst sagt es sich voller Stolz. Ein gutes, nein ein sehr gutes, ein überdurchschnittliches Abitur, und Michelle ist das nicht in den Schoß gefallen, sie hat fleißig gelernt, zum Glück kann sie sich die Dinge leicht merken, solange sie nicht allzu kompliziert sind, und ihre Eltern haben sie sehr unterstützt, und auch ihr Freund hat sie sehr unterstützt, das allerdings ist ein trauriges Kapitel, denn der Freund hat sich aus dem Staub gemacht, mit einer anderen ist er über alle Berge, nach Australien sogar, weiter geht es ja gar nicht, aber Michelle ist das ganz recht, so muss sie wenigstens nicht befürchten, ihn ständig im Supermarkt oder im Kino zu treffen, und wenn sie einsam ist, hat sie ja genug Freundinnen, die ihr beistehen, und bald wird sie sowieso keine Zeit mehr für Männer haben, und auch nicht für Katzen, weil sie ihr Studium beginnen wird. Sie wird über dem Studium nicht die Eltern vernachlässigen, und die Freundinnen nach Möglichkeit auch nicht, und den schmalen flinken Körper nicht, den sie im Fitnessstudio trainiert, aber das kann sie ja auch als Studentin tun, die Zeit wird sie sich eben nehmen.

Hier ist die Erzählerin. Sie reibt sich die Hände, weil sie dieses harmlose Mädchen mit groben Strichen entworfen hat und sich jetzt schon, wo die Erfindung doch gerade erst zu leben begonnen hat, darauf freut, ihr Knüppel zwischen die Beine zu werfen. Vom moralischen Standpunkt her ist diese Erzählerin also höchst zweifelhaft und zugleich simpel. Warum macht sie es sich so leicht? Warum verspottet sie ihr Geschöpf, bevor es überhaupt richtig losgeht? Warum wagt sie sich nicht an eine komplexere Figur? Das hat sie doch bisher auch ganz gut gekonnt. Die Figuren der letzten Romane: zutiefst gebrochen, vielleicht gar gescheitert, Suchende, für die keine Lösungen mehr zur Verfügung stehen, Reisende, die nicht ankommen werden, poetische Existenzen, phantasievolle, abgründige Charaktere. Die übrigens auch interessante Namen trugen. Und jetzt: diese Michelle. Da vergibt sich die Erzählerin alle, aber auch wirklich restlos alle Möglichkeiten ihrer Kunstfertigkeit.

Michelle jedenfalls würde gern studieren, sie wird auch studieren, gut genug ist sie ja, und beworben hat sie sich, an der Universität Sommerstadt, einer traditionsreichen, altehrwürdigen, aber doch allen Veränderungen gegenüber aufgeschlossenen Institution, für die Fächer Deutsch und Englisch, denn sie möchte gerne Lehrerin werden, um mit Kindern zu arbeiten, Kinder zu fördern und von Kindern zu lernen, es ist der schönste Beruf gleich nach Arzt, aber als Arzt, als Ärztin vielmehr ist man beruflich so festgelegt, und wenn sie selbst einmal eine Familie gründet, möchte sie für die Kinder da sein, und das geht als Lehrerin viel leichter, da kann sie einfach ein oder zwei Jahre aussteigen, die Verbeamtung ist schon Gold wert, wer weiß, wie lange es das noch gibt, und das ist ein Grund mehr, schnell das Studium anzufangen, und so ist das, gerade noch auf der Schulbank, eben noch im Abi geschwitzt, den Teddy als Glücksbringer gegen den Multivitaminsaft gelehnt, das epische Theater von Brecht erklärt, gerade noch dem Freund, Manuel hieß er und heißt er wohl immer noch, die Lippen auf die Lippen gedrückt, und schon ist er weg, so weit weg, wie es überhaupt nur geht, und schon fängt das Studium an der schönen und traditionsreichen Universität Sommerstadt an, in der schönen Stadt Sommerstadt, gut, dass sie keine Katze hat, die müsste ja jetzt auch umziehen nach Sommerstadt und würde sich sicher schwer tun, schwerer als sie, das ist mal klar, und schon ist sie in …

Modul Eins

Auf dem Campus:
Michelle textet ihren Eltern – Liebe Mama, lieber Papa …

Michelles Arbeitsplatz:
Bald wird sie hier öfter mal sitzen müssen …

Sie steht zusammen mit anderen Mädchen und Jungen vor dem Studentensekretariat und hört sich an, worauf man achten muss und dass man sich den Freitag freihalten soll für verlängerte Wochenenden und dass man einen Studenten-Account braucht und wie hoch die Zimmermiete in Sommerstadt ist, sehr hoch nämlich, und wo es gute Jobs gibt, in den Kneipen und in den Modeabteilungen der Kaufhäuser (Ware ein- und auspacken, Preisschilder anbringen), und als sie fragt, was die anderen denn studieren, hört sie Fächer, von denen sie noch gar nichts gewusst hat: Verwaltungsmanagement, Kultursponsoring, Literaturmarketing mit betriebswirtschaftlichem Vertiefungsschwerpunkt, und dass man Punkte sammeln muss für Bologna (wieso Bologna?), und dass man möglichst schon im Ausland gewesen sein sollte, das macht sich immer gut (sie war mit ihren Eltern in Italien und Schweden, zählt das?), und überhaupt hat es keinen Sinn, nur blindwütig und engstirnig sein Fach zu studieren, da sind sich alle einig, man muss offen sein, man muss planen, und man muss immer den Markt im Blick haben. Michelle will ja Lehrerin werden, was sagt der Markt dazu? Die anderen nicken unsicher, doch, die Sicherheit, nicht schlecht, und warum gerade Lehrerin? Na die Sicherheit, sagt Michelle, und die anderen nicken wieder. Ja, und sie möchte mit Kindern arbeiten, sagt Michelle, aber da nicken die anderen nicht, es kann sein, dass es niemand versteht, also wird Michelle es für sich behalten. Du kannst doch selber später welche kriegen, sagt ein Mädchen, als hätte sich damit alles erledigt, Michelle könnte mit ihr diskutieren, aber sie kennen sich ja gar nicht, warum sollte sie mit diesem Mädchen ihre Lebensplanung diskutieren. Denn deswegen sind sie hier, sie planen ihr Leben, damit es möglichst harmonisch und angenehm verläuft, wer wollte ihnen das verdenken, und das Studium wird ihnen zu einer angenehmen Laufbahn verhelfen, dafür zahlen sie ja schließlich auch.

Ich musste nichts bezahlen, sagt Michelles Vater, und dann stand ich nachher da mit einem Doktor in Musikwissenschaft, und was hat mir das gebracht.

Du spielst so schön Klavier, sagt Michelles Mutter, die nichts studiert hat, aber schon eine Neigung zeigte, sie hätte ja auch können, vorbei die Zeiten, wo es für Frauen schwierig war zu studieren, Michelles Mutter ist so jung und sieht noch jünger aus, natürlich hätte sie etwas Schönes studieren können, aber es hat sich einfach nicht so ergeben, dann kam ja auch Michelle, und Michelles Vater hatte inzwischen etwas Anständiges gelernt und konnte die Familie ernähren, und den Namen für Michelle haben sie aus dem Beatles-Lied *Michelle ma Belle,* und wie recht haben sie behalten, denn Michelle ist eine kleine Schönheit. Oder auf jeden Fall hübsch. Eben schmal und flink, wie oben ja schon erwähnt. Das ist wichtig, körperliches Kapital, eine gewisse Beweglichkeit, Wendigkeit und doch Weiblichkeit, eben eine selbstbewusste, zeitgemäße Weiblichkeit, die eigentlich in der Schule fast vergeudet wäre, aber vielleicht findet Michelle ja noch eine andere Möglichkeit, das mit der Schule muss ja nicht sein, Kinder kriegen kann sie auch selber.

Jetzt schreibt sie sich aber erst mal ein für Deutsch und Englisch, da könnte man ja auch noch etwas Internationales draufsatteln, und der Herr vom Fachbereich Deutsch erklärt ihr sehr freundlich, was sie alles wann machen muss. Sie bekommt einen richtigen Stundenplan, wie in der Schule, sogar mit Raumnummern, und ist froh, dass sie nun genau weiß, wohin sie gehen muss (einen Raumplan hat sie auch). Es gibt Modul 1 und Modul 2, dann kommt schon Modul 3, 4 und 5 sind noch lange hin, sie wird sich eins nach dem anderen vornehmen, das hat auch in der Schule sehr gut funktioniert. Manuel, der die Reihenfolge nie richtig eingehalten hat, kam immer wieder in Schwierigkeiten, und sie hat ihm zu mehr Ordnung und Planung geraten, aber sie war ja nicht seine Mutter, obwohl sie sich mit seiner Mutter sehr gut verstanden hat. Manuel wollte Didgeridoo lernen, er kaufte sich gleich zwei von diesen Röhren und trieb sich auf der Fußgängerzone herum, wo ein speckiger Kerl nichts anderes tat, als den ganzen Tag in sein Didgeridoo hineinzugrölen, und versuchte, den Kerl kennenzulernen, der sich anfangs nicht um ihn scherte, und das war Michelle, die ja nicht Manuels Mutter war und auch nicht ist, sehr recht. Aber irgendwann, als Manuel ihm drei von seinen grell bedruckten, selbstgebrannten CDs abgekauft hatte und ihm nicht von der Seite wich, kamen sie doch ins Gespräch, und Manuel durfte auf Jochens Didge spielen, wovon Michelle ihm dringend abriet, weil man ja nicht wissen konnte, ob dieser Jochen nicht vielleicht eine ansteckende Krankheit übertragen könnte oder zumindest Kopfläuse, und die wollte Michelle auf keinen Fall im Haus haben, denn bei ihren langen Haaren wäre dem ganz schwer beizukommen. Jochen zeigte Manuel, wie man in das Didge, wie er immer sagte, hineinblasen musste, damit der Ton nie abriss, circular breathing, sagte Manuel stolz, er übte mit einem Strohhalm und einem Wasserglas, während Michelle für ihre Englischklausur lernte, es war eigentlich behaglich: Manuel blies mit dem Strohhalm Blasen ins Wasser, Michelle lag auf dem Bett und las Shakespeare, zwischendurch, wenn es besonders gut klappte, schaute Manuel strahlend hoch und rief, hast du das gehört? Dann kam er zu ihr herüber, sie küssten sich eine Weile, bis sie weiterlernen musste.

Die Erzählstimme ist, wenn man mich fragt, durchgehend hämisch und herabsetzend. Dieser Text ist degradierend. Michelle sollte dagegen juristisch vorgehen, er ist persönlichkeitsschädigend. Es ist doch offensichtlich, wo hier die Sympathien liegen. Manuel wird als Gegenfigur aufgebaut, seine liebenswürdige Verträumtheit, seine Leidenschaft für die Musik, und nicht für irgendeine, sondern für die folkloristisch-sentimental besetzte Musik der australischen Ureinwohner – dagegen hat Michelle doch keine Chance.

Dabei steht ihr doch eigentlich die Welt offen. Die Eltern zahlen die Studiengebühren und dürfen auch mit zum Erstsemesterkaffeetrinken. Das hätten wir damals niemals mitgemacht, brummelt Michelles Vater, aber er freut sich doch, dass seine Tochter den neuen Lebensabschnitt mit ihm zusammen beginnen möchte, und zieht sich die neue Cordhose an. Alle Väter tragen ihre neuen Cordhosen, die Mütter waren beim Friseur, aber nicht so wie früher, mit erstarrten Haarhelmen, in denen die Form der Lockenwickler mit Haarspray eingefroren ist, sondern viel jugendlicher und offener, es ist ja nur ein Kaffeetrinken, bei dem allerdings der Rektor der traditionsreichen Universität Sommerstadt zugegen ist, dem alle Väter und Mütter versuchen, die Hand zu schütteln, aber ohne sich vorzudrängen – ungezwungen eben. Die Tische sind schön eingedeckt, ein paar Alumni stehen auch herum und plaudern mit den Frischlingen über ihre eigene Studienzeit, die ja noch gebührenfrei und wild war, aber auch planlos und chaotisch, während die Frischlinge heute von Anfang an geführt werden, Zeit werden sie wenig haben und vermutlich auch nicht viel zum Lesen kommen, aber dafür schaffen sie das Studium in sechs, höchstens acht Semestern, und das ist ja in ihrer aller Interesse. Lesen kann man später auch. Spätestens im Ruhestand, sagt der Rektor, der bald in den Ruhestand geht, und reibt sich schon voller Vorfreude die Hände, aber das heißt nicht, dass er in den letzten Jahren seiner Amtszeit nicht alles daran setzt, die Universität nach vorne zu bringen, ganz nach vorne, und alle Frischlinge freuen sich, dass sie so weit vorne stehen mit ihm zusammen, oder zumindest knapp hinter ihm, so dass sie auf dem Pressefoto, das von der lokalen Zeitung erstellt wird, alle zu sehen sind, er verdeckt nur zwei oder drei von ihnen, es muss ja auch nicht jeder auf das Bild, aber der Rektor sollte schon gut zu sehen sein zwischen den Blumensträußen und den Frischlingen, und die Eltern applaudieren vom Rande und erinnern sich gerührt an die Einschulung ihrer Kinder, nur dass diesmal die Schultüten fehlen.

Auch Michelle erinnert sich, aber nicht allzu gern, denn damals war sie sehr schmächtig und verschüchtert und fürchtete sich vor Gott und der Welt, was nun zum Glück ganz anders geworden ist, sie kann es jetzt mit allem und jedem aufnehmen, und deswegen ist es ratsam, nicht ständig die Vergangenheit heraufzubeschwören, sondern nach vorne zu schauen, und so ähnlich sagt sie das auch ihren Eltern, die von damals reden, von der handbemalten Schultüte und dem aufziehbaren

Tauchfrosch für die Badewanne. Gut, dass du nicht Geschichte studierst, sagt der Vater, und da hat er recht, das wäre nicht das richtige Fach für sie, und sowieso studiert kaum noch jemand diese alten Sachen, weil man sich da mit Dingen beschäftigt, die heute keine Rolle mehr spielen, obwohl ihr Geschichtslehrer immer behauptet hat, man könne die Gegenwart nicht ohne die Vergangenheit verstehen.

Michelle findet dagegen, und darüber haben sie sogar im Geschichtskurs diskutiert, dass man die Gegenwart nur ohne die Vergangenheit verstehen kann. Sonst zieht man ständig Vergleiche, die doch nie ganz passen (der Studienbeginn ist eben nicht genau wie die Einschulung, nur beinahe), Apfel und Birne eben, und außerdem starrt man gelähmt über die Schulter und verpasst die Gegenwart. Aber wie wollt ihr dann jemals den Faschismus verstehen, fragte der Geschichtslehrer verzweifelt. Wollen wir ja gar nicht, sagten Michelle und ihre Freunde, oder eher sagten es die Freunde, und Michelle stimmte zu. Es ist passiert, es ist vorbei, und wir sorgen dafür, dass es nie wieder passiert, sagten sie noch rasch, um den wirklich zerfurcht aussehenden Geschichtslehrer zu beruhigen, ein Versprechen, das ihn zwar wehmütig lächeln, aber nicht weniger verquält dreinschauen ließ. Und genau das wollen sie eben vermeiden, dieses Verquälte, Zerfurchte, Bemühte. Sie wollen einfach nur ihr Leben auf die Beine stellen, das ist viel gesünder, so wie sie ja in jeder Hinsicht auf

Gesundheit und Frische achten. Sie rauchen ja auch nicht, sie gehen laufen, sie trainieren, sie treiben Sport, anstatt zu kiffen, und da soll mal einer etwas gegen sagen. Der Geschichtslehrer würde wahrscheinlich am liebsten einen Joint mit ihnen rauchen. Soll er doch allein vergammeln in seiner Vergangenheit. Jedenfalls studieren alle aus Michelles Abiturjahrgang, die studierfähig sind, und das sind im Grunde alle. Deutsch, hat Michelle gedacht, kann sie ja schon. Und Englisch auch sehr gut. Da hat sie auch Auslandserfahrung, sie war zweimal im Schüleraustausch in Bradford und hat dort sogar einen englischen Jungen geküsst, obwohl Manuel zuhause auf sie wartete, aber dieses kleine Experiment hat sie sich trotzdem gestattet (er küsste auch nicht besser als Manuel), und das englische Essen hat sie auch herunterbekommen, obwohl die Fish and Chips schon sehr schwer im Magen lagen und sie hinterher zwei Kilo zugenommen hatte, die musste sie dann wieder heruntertrainieren, aber dafür hat sie nun Auslandserfahrung, den Preis war sie bereit zu zahlen (es ging schnell wieder runter), und hinterher hat sie Manuel nichts davon erzählt, das war fast am schwersten, sie war ständig kurz davor, alles zuzugeben, dann wäre ihr auch leichter gewesen, und wenn sie gewusst hätte, dass er sowieso nach Australien abhaut, hätte sie es ihm sicher erzählt.

Nach dem Elternkaffeetrinken gibt es eine Einführungswoche, in der die Stundenpläne noch einmal erklärt werden und dann noch einmal, und die Module, und auch die Mensa, die Bibliothek und der Unisport wird ihnen erklärt, und Michelle sucht sich ein Zimmer in einer WG, in der es Putz- und Spülpläne gibt, weil es ihr wichtig ist, dass in der Dusche keine Haare und in der Spüle keine Fettschlieren sind, alles andere ist egal, aber im Bad und in der Küche möchte sie darauf achten, und da muss sie sich mit den anderen einig sein, sonst wird das ein Zusammenleben schwierig, so wie es mit ihr eine Zeitlang, aber nur eine kurze Zeitlang, schwierig war, als sie das noch nicht begriffen hatte.

Ihre Mutter würde sich freuen, dass sie nun darauf achtet, aber sie achtet nicht wegen ihrer Mutter darauf, sondern weil sie selbst nun weiß, wie sie leben möchte. Schließlich ist sie nun Studentin und neunzehn, da hat man schon einiges probiert und kann durchaus selbst entscheiden. Wenn ihre Mutter sie besucht, und das wird sie nicht allzu oft tun, weil sie ihrer Tochter den Freiraum gönnt und gelernt hat, loszulassen, wird sie trotzdem vorher einmal rasch durch Bad und Küche gehen, weil es ja sein kann, dass die beiden anderen Mädchen nicht denselben Blick für diese Dinge haben wie sie.

Also steht Michelle, wenn sie sich ein bisschen geschickt anstellt, die Welt offen, und in der Einführungswoche lernt sie auch, dass es Dinge gibt, die ihr fremd sind, die sie aber kennen lernen muss, wenn sie in der Welt bestehen will. Zum Beispiel erklärt ein Professor oder jedenfalls jemand, der so aussieht, den Frischlingen, dass sie eine wissenschaftliche Neugier entwickeln müssen. Michelle weiß nicht genau, was damit gemeint ist. Vielleicht heißt es, dass sie neugierig auf die Wissenschaft sein sollen. Aber weil Michelle ja Deutsch kann und Englisch auch sehr gut, lässt sie das mal auf sich beruhen. Außerdem sollen sie lernen, eigenständig zu arbeiten. Das findet Michelle eigentlich eine unverschämte Aufforderung, als könnten sie das noch nicht; wenn sie durch Bad und Küche geht oder auch bei den Hausaufgaben oder samstags an der Kasse im Supermarkt, wo sie sich ihr Taschengeld dazuverdient hat, ist sie durchaus in der Lage, selbständig zu arbeiten. Wenn es im Studium auch Hausaufgaben gibt, wird sie die natürlich selbständig bearbeiten. Und auch wissenschaftlich. Man müsse nach seinen Neigungen gehen, sagt der Professor, wenn er einer ist, jedenfalls ist er glatzköpfig und gelehrsam genug, um einer zu sein. Michelle schaut auf ihren Stundenplan, der montagmorgens um acht beginnt und donnerstagabends um siebzehn Uhr aufhört und fragt sich, wie das gedacht ist mit den Neigungen. Wenn sie an Manuel denkt, der nur nach seinen Neigungen geht und deswegen jetzt in Australien herumhängt, sinn- und ziellos, kann sie sich nicht vorstellen, dass der Professor es wirklich ernst meint. Sie schreibt sich den Stundenplan in ihren Collegeblock und in den Time-Manager ihres Handys und beschließt, das mit den Neigungen erst einmal hintanzustellen. First things first, sagt ihre Mutter immer, und so wird sie es halten.

Als sie am Montagmorgen um acht pünktlich in den Seminarraum kommt, in dem die Einführung in die Literaturwissenschaft (Deutsch) stattfinden soll, ist der Raum leer. Licht fällt auf die verkratzten Tische und leuchtet jede Scharte in dem alten Linoleumboden scharf aus, die Stühle sind säuberlich an die Tische gerückt, eine friedliche Ruhe überkommt Michelle, die ja im Modul 1 Studienbeginn bisher kaum eine Verschnaufpause gehabt hat, und obwohl sie sich wundert, dass sonst niemand da ist, sinkt sie auf einen der Stühle und legt für einen Moment den Kopf auf den Tisch. Sie denkt an Manuel, dessen Name so schön zu Michelle passt, Alliteration, denkt sie, und was er wohl gerade treibt, ob er Didgeridoo übt oder Kühe zusammentreibt oder Bananen erntet, falls es die überhaupt in Australien gibt, gut, dass sie nicht Australisch studiert, und schon dämmert sie weg und wacht erst wieder auf, als der nächste Schub Frischlinge in den Raum drängt und die Stühle über den Boden schaben. Sie hat die erste Veranstaltung ihrer Studienlaufbahn verschlafen.

Es wäre ein Leichtes, sich nun über sie zu amüsieren, die kleine Michelle, die alles richtig machen will. Aber man vergibt sich ja nichts, wenn man zugibt, dass sie einem schon ans Herz wachsen kann, Michelle ma

Belle, denn sie kennt kein Arg, und sie weiß es nicht besser, und außerdem sieht sie so reizend aus mit ihrem weichen Mädchengesicht, wie sie aufwacht im Seminarraum und gleich so tut, als hätte sie gar nicht geschlafen, sich die Bluse zurechtrückt und die Haare zurechtstreicht, man muss sie doch ein bisschen mögen, zumindest mehr als diesen Manuel, der weder Didgeridoo übt noch Kühe hütet, sondern sich gerade, die Zeitverschiebung miteingerechnet natürlich, einen riesigen Joint dreht, den er dann mit seinen neuen thailändischen, englischen, amerikanischen und neuseeländischen Freunden rauchen wird, dazu werden sie Musik hören, ein lauer australischer Herbstabend, vielleicht grillen sie noch, vielleicht auch nicht, Manuel hat von Modul 1 nie gehört, und die Frage ist, ob er nicht später dafür ganz bitter büßen muss.

Michelle meldet sich überall an. Das Anmelden könnte ein eigenes Modul sein, da es ein Bündel an Kompetenzen verlang, die der liebe Gott nicht jedem im gleichen Maß mitgegeben hat. Sie meldet sich an: in den Grundlagenseminaren, in den Sprachübungen, beim Unisport, beim Einwohnermeldeamt, beim Friseur, bei der persönlichen Studienplanungsberatung, beim Auslandsamt, im Internet, bei der Mailaccountvergabe, für die Studentennetzkarte und bei ihren Eltern zum Wochenendbesuch. Die Anmeldung erfolgt persönlich, online, mit Formularen oder mit allem gleichzeitig. In den

Seminaren, die ihrer Neigung entsprochen hätten, sind schon alle Plätze belegt. Also meldet sie sich in anderen Seminaren an: Die Orthographie des Englischen, Deutsche Naturlyrik des ausgehenden 17. Jahrhunderts, Aphorismen und Anagramme des ausgehenden 16. Jahrhunderts. Das Mädchen, neben dem sie im Orthographie-Seminar sitzt, gähnt so heftig, dass ihr Kiefergelenk knarrt. Michelle lächelt ihr verständnisvoll zu, aber sie runzelt nur die Stirn und schaut Michelle missmutig an. Michelle traut sich nicht mehr, sie noch einmal anzusprechen, aber nach der Sitzung dreht sich das Mädchen zu ihr und sagt, das ist ja wohl das Letzte hier, viel zu voll, und das Thema ist ein Witz, wir müssen etwas tun. Und sie stützt sich herausfordernd mit beiden Händen auf die Tischplatte und starrt Michelle an.

Wie meinst du das, fragt Michelle verschüchtert.

Ja willst du dir das hier gefallen lassen, raunzt das Mädchen. Hast du dir dein Studium so vorgestellt. Michelle hat sich das Studium gar nicht vorstellen können, vielleicht höchstens so ähnlich wie Schule, und das stimmt ja bisher sehr gut überein. Weiß nicht, murmelt sie. Ich werde mal eine Unterschriftenaktion machen, sagt das Mädchen, gegen die Studienbedingungen. Schließlich bezahlen wir für diesen Saftladen. Michelle findet das Geschimpfe des Mädchens übereilt, schließlich haben sie erst gerade angefangen, man muss sich doch erst einmal in Ruhe ein Urteil bilden und dem

Ganzen auch eine Chance geben. Diese destruktive Haltung kennt sie aus der Schule, da gab es auch immer diejenigen, die nie zufrieden waren und die ohne Demonstrationen nicht leben konnten, gegen Asbest in der Schule, gegen zu alte Lehrer, gegen alles. Der Geschichtslehrer hat sich über diese Querulanten sogar gefreut, er hat mit ihnen diskutieren wollen, wenigstens habt ihr eine Meinung, rief er. Michelle hat auch eine Meinung, ihre Meinung ist, dass man abwarten, sich Mühe geben und erst einmal gute Miene zum bösen Spiel machen soll und auch, dass man selbst entscheiden kann, ob das Glas halbvoll oder halbleer ist.

Deswegen wird sie beim nächsten Mal früher kommen und einen Platz weiter vorne belegen, die Querulanten sitzen nämlich immer hinten, dann muss sie mit dem Mädchen nicht mehr reden. Sie lässt nicht locker, sie fragt nach Michelles Namen, Nina heiße sie, und ob Michelle mit in die Mensa wolle, aber da müsse man auch etwas machen, das Essen sei menschenunwürdig. Michelle ist sehr in Versuchung, sie möchte ungern allein in der riesigen, verglasten Mensa sitzen, die von außen aussieht wie ein ausgeleuchtetes Aquarium, durch das riesige Scharen von Guppys treiben, von denen Michelle keinen einzigen kennt, aber Nina wird sie die ganze Zeit bedrängen, gegen irgendetwas zu unterschreiben, und deswegen sagt sie lieber, sie müsse ins nächste Seminar.

Während Michelle allein und etwas weinerlich an den Fahrradunterständen auf einem Mäuerchen sitzt, ein Käsebrötchen und einen Kakao neben sich, und überlegt, ob sie sich auch überall richtig angemeldet hat, und während Manuel in einer chinesischen Bäckerei mitten in Sydney Croissants klaut, weil Kiffen hungrig macht und er noch nie geklaut hat, das Klauen aber zu den Erfahrungen gehört, die er gerne machen möchte (es schenkt ihm ein abenteuerliches Gefühl, durchsetzt allerdings von Gewissensbissen, weil der chinesische Bäcker schmal und überarbeitet aussieht und vermutlich nicht viel Geld mit seinen Croissants verdient und durch Manuel noch weniger), während Michelles Eltern Michelles Bett frisch beziehen, weil sie am Wochenende zu Besuch kommt, und Michelles Mutter auch schon die Zutaten für Michelles Lieblingskuchen besorgt, einen Kirsch-Schokoladenkuchen mit Zartbittersplittern, den sie am liebsten sofort backen würde, weil sie sich damit die Zeit bis zu Michelles Ankunft verkürzen könnte, während Nina in der Mensa eine vegetarische Schnitte mit Brechbohnen und Salat von der Salattheke isst, die die Universität Sommerstadt vor einigen Jahren eingeführt hat, um sich nicht nur innovativ, sondern auch ökologisch überzeugend zu präsentieren (Solarzellen auf allen Dächern, Mülltrennsystem, Fahrradparkplätze), scheint eine blasse Oktobersonne auf den Campus, lässt die ungeputzten Fenster der Büros schillern (die Putztruppe putzt zwar die Büros, aber natürlich nicht die Fenster, und die Fensterputzer sind schon länger nicht angetreten, weil auch die Universität Sommerstadt ein bisschen sparen muss) und die Kaffeeränder in den Tassen der wissenschaftlichen Mitarbeiter noch fester eintrocknen, und der Personalchef der Universität lehnt sich zurück und betrachtet kurz die kraftlose Yuccapalme, die er ans Fenster gerückt hat, damit sie mit ein paar Sonnenstrahlen vielleicht wieder Lebensmut schöpft. Dann beugt er sich wieder über die Personalakten aller wissenschaftlichen Mitarbeiter der geisteswissenschaftlichen Fächer, die zwar ihr Bestes geben, wie sich das für eine erstklassige Universität ja auch gehört, die so viele Seminare unterrichten (zur Not auch kostenlos), Aufsätze veröffentlichen, Konferenzen besuchen (zur Not auf eigene Kosten), Drittmittelgelder beantragen, Forschungsbereiche erfinden und Hausarbeiten korrigieren, wie es überhaupt nur geht, aber dennoch sind sie im Großen und Ganzen, denkt Herr Birkner, einfach zu teuer, und man sollte einen Teil von ihnen abschaffen. Weil Herr Birkner aber nicht einfach so Leute rausschmeißen will – das würde er nicht tun, das würden die Leute ja auch nicht nachvollziehen können – beugt er sich noch einige Zentimeter tiefer über die Personalakten, denn in jeder Akte findet sich, das weiß er aus langjähriger Erfahrung, ein Makel, etwas, woran er anknüpfen kann. Und schon wird er fündig: Bei der wissenschaftlichen Mitarbeiterin Heike Blum, Fachbereich Anglistik, die sowieso nur einen Zeitvertrag hat, sieht es ganz finster aus mit der Präsenzpflicht, Wohnsitz ganz woanders, er wird da mal nachhaken, falls sie nicht die ganze Zeit an ihrem Schreibtisch sitzt, ist das ein schöner Anlass für eine Verwarnung, der dann eine Abmahnung folgt, und wenn sie Kinder hat, umso besser, dann kommt sie ganz schnell ins Schleudern mit der Präsenzpflicht, und vielleicht kündigt sie dann gleich von sich aus mit ein paar nachdrücklichen Verwarnungen im Nacken. Das ist dann auch besser für die Kinder, Herr Birkner kann das beurteilen, schließlich hat Frau Birkner die Kinder nie alleingelassen, bis sie volljährig waren, und sie haben sich im Ganzen sehr anständig entwickelt (der eine ist Steuerberater geworden, der andere stand etwas auf der Kippe, zwei Jahre Lotterleben, aber mit etwas Druck hat er sich dann doch berappelt und studiert nun Kommunikationstechnik und Medienmarketing, eine sehr schöne aussichtsreiche Fächerkombination).

Heike Blum sitzt in dem engen Viererbüro, heute aber allein, weil die Kolleginnen krank oder im Unterricht sind, und bearbeitet gleichzeitig die Korrekturfahnen ihres letzten Aufsatzes über Identität und Selbstverlust in der virtuellen Realität und deren Verarbeitung im englischen Roman der Gegenwart, einen Drittmittelantrag für die Konferenz über mediale Vernetzung und einen Stapel mit Hausarbeiten, der bis Ende der Woche fertig sein muss. Auf der hinteren Ecke ihres Schreibtisches, wo sich unliebsame, unlesbare und unlösbare Schriftstücke stapeln, glüht die erste Verwarnung von Herrn Birkner, den sie nicht kennt. Wenn sie darüber nachdenkt, wie sie die volle Präsenzzeit einhalten kann (die Abmachung war, dass sie einen Tag zuhause arbeiten darf) und wer dann Benni und Moni donnerstags von der Kita abholt, wird ihre Kehle so eng, dass sie sofort den Blick wieder auf die Hausarbeit senkt, die gerade vor ihr liegt, Erstsemester, Erzählperspektive und Spannungsbogen in zeitgenössischer englischer Kurzprosa. Der Titel stammt von ihr, denn die Studentin, die in ihrer Sprechstunde saß, kurzatmig vor Aufregung und mit sehr weicher, beinahe flaumiger Gesichtshaut (darauf achtet Heike Blum immer, seit sie in ihrem eigenen Gesicht untilgbare Spuren der Verwitterung und Erschlaffung entdeckt hat, die, so scheint es ihr, mit jedem Tag in der Universität tiefer werden), hatte keine Ahnung. Was soll ich denn machen, fragte sie, charmant und zu allem bereit, was Heike Blum ihr vorgeschlagen hätte. Aber Heike Blum wollte eben das vermeiden.

Heike Blum: Sie sollen selbst ein Thema entwickeln, verstehen Sie.

Michelle: Was denn zum Beispiel?

Heike Blum: Na eine Fragestellung, eine Hypothese, die Sie aus der Arbeit mit dem Text gewinnen.

Michelle: Aber ich habe den Text doch noch gar nicht gelesen!

Heike Blum: ????

Michelle: Ja wissen Sie, ich musste doch noch das Referat für Deutsch machen, und meine Mutter ist krank, da musste ich jedes Wochenende nach Hause, und in Englisch, ich meine hier, also – Sie wissen ja, da muss man ja auch immer Sprachklausuren schreiben, also darauf bereite ich mich dann schon gut vor, und da bin ich noch nicht zum Lesen gekommen.

Heike Blum: Wissen Sie was, dann kommen Sie doch wieder, wenn Sie ihn gelesen haben.

Michelle: sinkt in sich zusammen.

Heike Blum: Oder was sollen wir machen?

Michelle: In welche Richtung, ich meine, können Sie mir nicht irgendwie sagen, wie ich das machen muss, ich brauche doch den Schein, und in den Semesterferien muss ich doch arbeiten, da kann ich es nicht machen, also …

Heike Blum: Was interessiert Sie denn an dem Text?

Michelle: Aber ich habe ihn doch noch nicht …

Heike Blum: Neinnein, sagen wir mal, was interessiert Sie denn überhaupt?

Michelle: Ja ich mag Katzen sehr gern, und in der Schule war Musik immer eins meiner …

Heike Blum: Nein, in der Literatur, meine ich! An Texten!

Michelle: ???

Heike Blum: stöhnt leise.

Michelle: Ach Sie meinen, meine wissenschaftliche … wissenschaftliche Neugier?

Heike Blum: Ja – ja!!

Michelle: Ja ich lese ja gern, sonst hätte ich ja nicht Englisch, ich meine Anglistik genommen, und ich will mit Kindern arbeiten, und die Geschichten von dem, na dem …, die fand ich interessant.

Heike Blum: So. Also, jetzt schreiben Sie mir eine Arbeit über Erzählperspektive und Spannungsaufbau. 15 Seiten. Schriftgröße 12. Bis 31. März.

Michelle (erleichtert): Ja klar, mach ich, geht klar, vielen Dank!

Die Büroluft liegt wie ein trockenes Tuch auf Heike Blums Gesicht, alle Feuchtigkeit saugt sie heraus, darum sind auch die Fenster immer beschlagen und Heike Blums Gesicht brüchig wie Papier. Sie schlägt die Arbeit auf und sieht schon auf den ersten Blick, dass der Text fußnoten- und kommafrei ist. Sie schließt kurz die Augen und denkt an Benni und Moni, die gerade in der Kita Apfelsaft trinken und sich die bunt verschmierten Hände an den Malkitteln abwischen, und sie wünscht sich, nicht die Mutter dieser Kinder zu sein, sondern selbst in der Kita mit einem Bauch voller Apfelsaft wildes Rot und grelles Gelb auf die Leinwand zu schmieren, bis das Bild explodiert.

Die Explosion (oder gern auch eine andersgeartete Katastrophe, eine Feuersbrunst, ein Erdbeben) würde natürlich auch Herrn Birkner in mehrere kleine Teile zerfetzen (verbrennen, verschütten) und ihr eine Dauerbeschäftigung an der Universität Sommerstadt verschaffen, die sie ja gar nicht bräuchte, weil sie ein Kind wäre, und Kinder müssen weder um ihre Stelle bangen noch Arbeiten korrigieren, stattdessen müssen sie um die Liebe der Mutter bangen, aber ihre Kinder nicht, sie liebt sie, wann immer sie dazu kommt und auch, wenn sie nicht dazu kommt, aber auch die stärkste Liebe braucht ein wenig Futter, man muss sich sehen, berühren, man muss die Gesichter der Kinder sehen und ihre strähnigen Haare und ihre verschwitzten Hände, die Fotos im Büro helfen nicht weiter, und auch die Luft im Büro hilft gar nicht weiter, denn sie trocknet Heike Blum von außen und innen, bis sie irgendwann eine Trockenfrucht ist, immer noch mit Nährwerten, aber nicht mehr wirklich genießbar.

Manchmal, wenn sie sich allzu verschrumpelt fühlt, geht Heike Blum mit ihrem Kollegen, einem begabten, ehrgeizigen Junganglisten, einen Kaffee trinken und lässt sich Komplimente machen, die er alle paar Minuten absondert, ohne es überhaupt zu merken, sie gehören zu seiner Gesprächsführung, aber trotzdem tun sie ihr gut, und auch der Elan des Junganglisten, der seit Semesterbeginn mehr Aufsätze veröffentlicht hat als sie in den letzten drei Jahren, ist wohltuend. Der Junganglist hat sich abgewöhnt, ihr von seiner Forschungsarbeit zu erzählen, weil sie nicht versteht, worauf er hinaus will (es geht um computergestützte Auswertung urbaner narrativer Konzepte, und er ist vor allem für die Datenbank und die Computerauswertung zuständig, sie versteht nicht, was das mit Literaturwissenschaft zu tun hat, aber auch ihre Arbeiten haben nicht allzu viel mit Literatur zu tun, anders geht es nicht, sie will sich ja auf der Höhe der Zeit bewegen, schließlich braucht sie eine Stelle, und zwar eine feste, an der ein Herr Birkner nicht kratzen kann). Also plaudern sie über gute Laufstrecken (der Junganglist läuft regelmäßig, Heike Blum nie), Konzerte (der Junganglist bevorzugt Cool Jazz, ist aber für alles offen), Konferenzen (wer mit wem, welches Podium, welches Paper, wie ist die Publikation) Stipendien und Projektanträge (wer mit wem, wann, wie, wie viel). Heike Blum langweilt sich auf angenehme Weise, steckt die Komplimente ein, die aus dem Junganglisten herausplätschern, als wäre es nichts, und fühlt sich danach eine Weile lang aufgefrischt und weniger allein.

Dem Junganglisten hat sie auch von Herrn Birkners Drohbrief erzählt, er hat sie beruhigt, und dann haben sie gemeinsam Strategien zur Beseitigung von Herrn Birkner entworfen, die Heike Blum ernsthaft in Erwägung zieht, während sie für den Junganglisten nur Spiel sind, weil er nichts zu befürchten hat; er ist so jung und ungebunden, er kann arbeiten, wann und wo er will, und wenn Herr Birkner will, dass er den ganzen Tag an der Uni herumhockt, dann macht er es eben. Er sieht zu, dass er trotzdem dabei nicht zu kurz kommt, geht laufen, geht ins Studio, geht mit Kollegen aus, nach Möglichkeit mit bedeutenderen und strategisch wichtigeren als Heike Blum, die er aber auch ab und an betreut, weil er ja sieht, wie einsam sie vor sich hin wurschtelt, und er hat ein Herz, natürlich, und nimmt sich für andere Zeit, und umso besser, wenn diese anderen ihm dann weiterhelfen mit kleinen Tipps und Hinweisen, welcher Antrag wie und wann am besten gestellt würde, das kann keiner allein, diese Einzelkämpfer gehen unter heutzutage, man muss sich vernetzen. Heike Blum hat das noch nicht gelernt, aber selbst die Studenten wissen es, sie arbeiten nur noch in Netzwerken, man kriegt sie gar nicht allein – Arbeitsgruppen, Online-Foren, Studi-Plattformen, alle seine Seminare haben einen virtuellen Diskussionsraum, in dem sich jeder zu Wort melden muss, der einen Schein braucht. Die sagen ja im Seminar rein gar nichts. Aber wenn sie chatten können, dann tun sie das. Man muss sie eben dort abholen, wo sie stehen, und wenn sie online stehen, holt er sie dort ab, damit hat er keine Probleme. Sie chatten über T. S. Eliot und Virginia Woolf und wo es die billigste Taschenbuchausgabe gibt und dass die Band London Electricity den *Prufrock* genial vertont hat, und dafür gibt es eine hohe Punktzahl, weil das ein intermedialer Bezug ist, auf den er besonders viel Wert legt. Er achtet immer darauf, dass die Studenten zu ihrer Chatadresse auch ein kleines

Profil mit Foto anlegen, damit er sie wieder erkennt, wenn sie in die Prüfungen kommen. Abends, wenn er als letzter im Institut sitzt und keinen gefunden hat, der mit ihm einen Caipirinha trinken geht, schaut er manchmal die Profile der Studentinnen an und sucht sich eine aus, die er zur Pizza einladen könnte. Die Auswahl ist groß, Anglistik ist ein Frauenfach, seine Einführungen sind voll mit schmalen, großäugigen Mädchen, die auf allerliebste Weise British oder American English radebrechen und ihn anschauen, als sei er Barack Obama.

Auch Michelle sitzt in einem Seminar des Junganglisten, sie findet ihn gar nicht so jung, aber gut rasiert ist er und nicht so schwer zu verstehen, er benutzt wenig Fremdwörter und lässt sie mit der wissenschaftlichen Neugier in Ruhe, sie können über Bücher chatten und lernen, mit den E-Plattformen umzugehen, und als kleines Dankeschön schreiben sie alle dem Junganglisten eine glühende Evaluation, sogar Nina gibt ihm Höchstnoten in jeder Hinsicht. Zum Semesterende lädt er sie sogar in eine Bar ein, den ganzen Kurs, und gibt eine Runde Caipirinha aus, aber Michelle verträgt keine alkoholischen Getränke und geht früh nach Hause, weil sie am nächsten Morgen Klausuren hat, sie möchte frisch und ausgeruht an ihrem Pult sitzen, denn schließlich sollen die Noten stimmen, dann steht ihr die Welt offen. Weil sie gut auswendig lernen kann, ist sie nichts anderes gewöhnt. In der Nacht träumt sie, dass der nicht so junge Junganglist sie in einem Kanu auf einen kanadischen See hinausrudert und dann versucht, sie zu küssen, aber zum Glück fängt dabei das Kanu an zu schwanken und er muss gleich wieder damit aufhören, und doch fühlt sie sich am nächsten Morgen schuldig, als hätte sie Manuel betrogen, mit dem sie doch gar nicht mehr zusammen ist.

Nina hat ein abwechslungsreiches Semester hinter sich, sie hat mehrere Demos und Sitzblockaden gegen und für verschiedene Dinge organisiert, mehrere Liebhaber ausprobiert, sich aber nicht weiter festgelegt, sondern an dem freien abenteuerlichen Gefühl festgehalten, alles sei möglich. Ihre Kommilitonen sind eher verschlafene Zeitgenossen, aber nach hartnäckiger Suche hat sie ein paar andere gefunden, die so wie sie gegen Studiengebühren und für Meinungsfreiheit, gegen Tierversuche und gegen die AIDS-Politik des Vatikans sind, und sie haben sich erst einmal ordentlich vernetzt, weil es ohne Netzwerke eben heutzutage nicht mehr geht, auch im Widerstand nicht; dann haben sie Unterschriften gesammelt, Stellwände aufgebaut, Seminare boykottiert, was niemandem aufgefallen ist, und eine Demo-Party organisiert, die auf großen Anklang stieß. Die Leute strömten in die Mensa, die sie mit Protestschildern und Fähnchen dekoriert hatten, tranken haltlos und unterschrieben alles, was sie ihnen hinhielten, so dass die Planungsgruppe hinterher sehr zufrieden mit den umfangreichen Unterschriftenlisten war; außerdem konnte man beobachten, wie der Mittelbau, der nicht eingeladen war, weil es eine reine Studentenparty sein sollte, geschlossen erschien, fünf Stunden lang besinnungslos und mit befremdlicher Leidenschaft tanzte, soff und in jeder erreichbaren dämmrigen Nische engumschlungen beieinanderstand, um dann am nächsten Morgen bleich und mit erstarrten Gesichtern in den Seminaren so zu tun, als sei nichts gewesen. Nur der Junganglist, der noch nicht einmal zum Mittelbau zählte, sondern doch eigentlich zum Unterbau, war am Morgen danach rosig und wie immer gut rasiert, obwohl auch er auf der Party lange getanzt hatte, allerdings in den Bewegungen sparsam, cooler eben, und Nina und Michelle das Du angeboten hatte. Das mussten sie natürlich am nächsten Morgen schleunigst vergessen haben, ganz klar. Michelle überlegte sich, während sie an einem der mit Protestschildern vollgeklebten Betonpfeiler lehnte und ihren Orangensaft im Glas kreisen ließ, ob der Junganglist wohl Vorlieben hätte, was die Haarlänge und die Statur anginge, und wie es wäre, einen Wissenschaftler zu berühren, und dann wagte sie sogar noch den nächsten Gedanken: zu verführen, auf jeden Fall müsste man sich duzen, und am nächsten Morgen müsste man sich auf den Anblick eines Wissenschaftlers beim Zähneputzen gefasst machen, und vermutlich auf schlechtere Noten, weil Lehrer und andere Erwachsene zu viel Nähe immer mit schlechten Noten abstraften, und außerdem war da ja auch Manuel, der Michelle für zu viel Nähe nicht abstrafte, sondern im Gegenteil hingebungsvoll belohnte, aber vielleicht könnte das jemand anders auch tun.

Michelle sprach darüber mit den Mädchen aus ihrer WG, die nicht dafür waren, einem Wissenschaftler beim Zähneputzen zuzuschauen, und Michelle an die Klausuren und die Abgabetermine für die Arbeiten erinnerten, und dann redeten sie über die besten Ferienjobs, und als Michelle erwähnte, sie wolle in den Semesterferien auch ein Buch lesen, wuschen ihr die beiden anderen den Kopf und warnten sie, allzu sehr abzuheben und die Wirklichkeit aus dem Blick zu verlieren, und man dürfe auch nicht vergessen, was heutzutage auf dem Arbeitsmarkt zähle: Erfahrung, Auslandserfahrung, Flexibilität. Michelle nickte und nahm sich vor, zum Auslandsamt der Universität Sommerstadt zu gehen, das seit einigen Semestern International Office heißt, weil es wichtig ist, die Internationalität auch im Namen zu führen, damit alle wissen, worum es geht (die Universität hatte, um die Studenten in die Entscheidungsfindung einzubinden, einen Namenswettbewerb ausgeschrieben und sich über die zahlreichen einfallsreichen und kuriosen Einsendungen gefreut: *Uni-Reisen Sommerstadt, Auf und Davon, Heute Hier Morgen Da, Mit der Uni an den Strand* waren nur einige davon).

Michelle hat sich inzwischen sehr gut in ihrer WG eingelebt. Sie haben einen Putzplan aufgestellt, Topfpflanzen für die Küche angeschafft, sogar eine kleine

Waschmaschine gibt es, das Altglas wird regelmäßig entsorgt, samstagmorgens frühstücken sie zusammen, und Michelle hat ihre Katzensammlung von zuhause in die WG gebracht und sie in ihrem Zimmer aufgebaut, nur die große Keramikkatze durfte nicht mit, weil das Zimmer einfach zu klein ist und neben dem Schreibtisch schon der Ficus steht, den Michelle regelmäßig abstaubt, so wie ihre Mutter ihr es gezeigt hat. Überhaupt kann sie vieles von dem, was ihre Mutter ihr immer gepredigt hat, nun wirklich umsetzen: sie bewahrt immer einen kühlen Kopf, trinkt bei Magenschmerzen schwarzen Tee ohne Milch, lässt sich keine grauen Haare wachsen und verschiebt, was sie heute kann besorgen, nicht auf morgen, und deswegen erntet sie gute Noten und ist schon fast ein alter Unihase.

Nur die Arbeit bei Heike Blum ist nicht gut geworden. Sie musste in Frau Dr. Blums Büro kommen, sogar außerhalb der Sprechzeiten. Frau Dr. Blum saß sorgenvoll über ihre Arbeit gebeugt, nahm die Brille ab, als sie eintrat, und schüttelte seufzend den Kopf.

Michelle, sagte sie, warum studieren Sie. Michelle kam es so vor, als hätten sie dieses Gespräch schon einmal geführt. Höflich begann sie, noch einmal die Gründe aufzuzählen: Sie las gerne, sie konnte Deutsch sowieso, sie wollte gern Lehrerin werden, weil sie, da unterbrach Frau Dr. Blum sie ungeduldig.

Heike Blum: Jaja, das meine ich ja alles gar nicht. Was suchen Sie denn hier?

Michelle: ???

Heike Blum: Wissen Sie, was Studieren eigentlich bedeutet? Bedeuten kann?

Michelle: schaut sie hilflos an.

Heike Blum: Waren Sie denn zum Beispiel mal in der Bibliothek? Haben Sie mal nach Literatur gesucht?

Michelle (hilflos): Wieso, ich hatte doch ein Buch, und das andere war ausgeliehen, ich meine, ich habe es vorgemerkt, aber es kam ja nicht zurück, und als es dann da war, war ich am Wochenende zuhause, weil es meiner Mutter nicht so gut ging und mein Vater auf Dienstreise war, und als ich wieder …

Heike Blum: Sie müssen doch etwas herausfinden wollen. Ich meine, das ist doch hier keine Schule. Nehmen wir doch mal Ihre Arbeit. Die ist doch nur zusammengeschrieben. Sie stellen doch keine eigenen Fragen an den Text!

Michelle: Aber Sie haben mir doch gesagt, was ich machen soll!

Heike Blum: schaut sie hilflos an.

Michelle starrt auf die Arbeit, die von oben bis unten mit roten Korrekturzeichen übersät ist: Fragezeichen, Ausrufe (»Begriffe definieren!«, »reine Inhaltsangabe!«, »Wo ist Ihre Fragestellung?«), Pünktchen, ein wildes Gekritzel, ihr ganzes liebevolles Layout ist verschmiert, dabei hat sie nächtelang über der Formatierung gesessen und die Überschriften farbig gestaltet, beinahe hätte sie noch Abbildungen eingefügt, aber zum Glück hatte sie keine Zeit mehr dafür, weil diese Blum ihr ja doch alles vollgekritzelt hätte, und zusammengeschrieben hat sie die Arbeit auch nicht, sie hat sich natürlich informiert, im Internet gab es eine Menge, sogar fertige Hausarbeiten, aber natürlich hat sie die nicht einfach nur abgeschrieben, sondern ausgewählt und gekürzt, damit es besser passt, sie pinselt doch nicht einfach blindwütig irgendetwas aus dem Internet ab, das muss die Blum doch sehen, wie viel Mühe sie sich gegeben hat, und nun kommen ihr doch die Tränen.

Michelle: Aber – aber – ich habe mir doch so Mühe gegeben …

Heike Blum (seufzt, räuspert sich, reicht ihr ein Taschentuch): Machen Sie doch eine schöne Ausbildung.

Michelle (erstarrt, schließt kurz die Augen, heult los)

Heike Blum (bereut sofort jedes Wort): Ich meine ja nur zu Ihrem Besten, dass Sie sich wohler fühlen! Da wissen Sie genau, was Sie lernen müssen, und am Ende kriegen Sie ein schönes Diplom!

Michelle (schluchzend): Aber das kriege ich hier doch auch! Die anderen machen es doch genauso!

Heike Blum (seufzend): Da haben Sie allerdings recht.

Michelle zog schnaufend ab, beschämt und verstört, und lehnte sich zittrig neben der Anschlagtafel des Instituts an die Wand. Sie beruhigte sich erst wieder, als ein alter Professor den Kopf aus dem Emeritiertenzimmer steckte, der das Schluchzen gehört hatte und nicht ertragen konnte. Er sah die zitternde Michelle und winkte sie ins Zimmer, das geräumig, hell und mit einem Ledersofa, zwei Bücherwänden und mehreren Zimmerpflanzen behaglich eingerichtet war. Es hatte schon zahlreiche Anträge gegeben, das Emeritiertenzimmer aufzulösen und vier wissenschaftliche Mitarbeiter hineinzusetzen, aber die Emeritierten ließen sich nicht einfach abschaffen wie alte Esel; schließlich hatten sie für die Universität alles gegeben, standen immer noch im Dienst der Wissenschaft und brauchten Platz und akademische Luft, um ihre Lebenswerke in Ruhe abrunden zu können, und davon würden ja dann auch die Jungen profitieren. Sie hatten ein bronzenes Schild in die Tür dübeln lassen, der Hausmeister tat immer noch das, was sie ihm sagten, auf dem in Schmucklettern EMERITI eingraviert war, nur damit die Sache klar war.

Mädchen Mädchen, murmelte der alte Professor freundlich und tätschelte Michelles Hand, jetzt setzen Sie sich doch erst einmal. Michelle sank auf das Ledersofa, und der Professor holte den Single Malt Whiskey aus dem Schränkchen und schenkte Michelle einen ordentlichen Schluck ein, er war ja kein Unmensch, und weinende Mädchen taten ihm im Herzen weh. Michelle, die noch nie mehr als ein Glas Sekt getrunken hatte, kippte den Whiskey in einem Zug und verspürte sofort ein Glühen in der Kehle und ein Wirbeln in der Magengrube.

Hat man Ihnen übel mitgespielt, fragte der Professor gütig, dem es selbst schon oft schlecht gegangen war in der Universität, man hatte sein Deputat erhört (zwei Lehrveranstaltungen statt einer!), man hatte ihm eine Einführung aufgebrummt (fünfzig Studenten! Lauter Anfänger! Keiner jemals Aristoteles gelesen! Konnten die überhaupt lesen!) und ihn gezwungen, sogar in den knapp bemessenen zwölf Wochen Semesterferien eine Sprechstunde anzusetzen. Das akademische Leben war kein Zuckerschlecken, ihm musste man das nicht erzählen, und wenn dieses Kind darüber Tränen vergoss, war er der erste, der das verstand.

Meine Arbeit, schluchzte Michelle, einen Schwindel im Kopf, der sie wagemutig machte, die Arbeit, ich habe mir so viel Mühe gegeben, die hat mir eine miese Note reingeknallt.

Wer denn, erkundigte sich der Professor neugierig, und als er erfuhr, dass Heike Blum die Übeltäterin war, klopfte er dem Mädchen mitfühlend auf die Schulter und ließ sich die Arbeit zeigen, die auf wirklich unpädagogische Weise vollgekritzelt war. Er hatte damals immer grüne Tinte zur Korrektur benutzt, um die Mädchen nicht zu erschrecken, und es hatte sich bewährt, sie waren gern zu ihm gekommen; er hatte die Seminar immer auf Freitagabend 20 bis 22 Uhr angesetzt, damit nur die wirklich Interessierten erschienen, die dann aber auch gern, und er hatte sich immer um sie gekümmert, so gut es ging, das war schließlich seine Verantwortung als Lehrer, und wenn sie Fragen stellten, was selten vorkam, hatte er seine Irritation immer gut verborgen. Diese rot verschmierte Arbeit musste dem Mädchen doch das Gefühl geben, für nichts gut zu sein, das war ganz typisch für diese Blum, die so tat, als wäre sie die beste Freundin von Humboldt persönlich, immer dieses grundsätzliche Gerede, Studieneignung, Aufbau des Studiums, Didaktik, forschendes Lernen, Werte, das war für jemanden, der an der Uni lebte, seit er neunzehn war, völlig überflüssig, gut, die Reformen waren einseitig, aber am Ende mussten die Mädchen und Jungen eben sehen, wie sie damit zurechtkamen, damit musste man doch die Professorenschaft nicht behelligen, natürlich trauerte auch er den guten alten Studiengängen nach und fand diese neuen aufgeblasenen B.A.s höchst fragwürdig, aber es hatte keinen Sinn, sich darüber zu empören, davon bekam man Magengeschwüre (er hatte schon einmal eins gehabt, und auch einen Bandscheibenvorfall und einen asthmatischen Schub, stressbedingt, hatte der Hausarzt ihm gesagt, aber das Wort war ihm zuwider, krank ist eben krank), und ein paar Jahre später würde sowieso wieder alles geändert, das kannte er doch zur Genüge, Bologna, dass er nicht lachte, das klang doch wie Spaghetti mit Fleischsoße, wer wollte sich denn in dieses ganze Kleingedruckte stürzen, er tat lieber die Arbeit, für die er sich berufen fühlte und berufen war, und das sollte dieses Mädchen auch tun, und die Blum brauchte nicht herumzulaufen wie Michael Kohlhaas und Robin Hood in einem, zumal sie sowieso nur Mittelbau war und einen schlecht sitzenden Haarschnitt hatte, und das sagte er dem Mädchen auch.

Wissen Sie was, sagte er, ich rede mal mit der Frau Dr. Blum, und als das Mädchen nickte und noch einmal aufschluchzte und mit verschleiertem Blick dankbar zu ihm hochsah, fühlte er sich belohnt und dem Mädchen zärtlich verbunden, was für eine schöne Aufgabe, diesen jungen Leuten beizustehen und sie auf ihrem Weg zu begleiten, und er streckte einen Zeigefinger aus, der schon etwas gekrümmt war vom lebenslangen Schreiben, und streichelte Michelle über die Wange, unglaublich weiche Haut, beinahe flaumig.

Die Arbeit liegt nun ganz unten auf Michelles Schreibtisch, sie hat beschlossen, nicht mehr darüber nachzudenken, nachdem sie einen Tag lang überlegt hat, wie sie sich an Frau Dr. Blum rächen kann, ob sie vielleicht Nina und die anderen Hippies auf sie ansetzen kann oder ob eine Ausbildung nicht doch das Richtige wäre, aber schließlich, erinnern die anderen in ihrer WG sie, hat sie nun schon ein Semester Studiengebühren bezahlt, und das schaffen sie schon, wenn sie zusammenhalten, und schließlich hat der Professor gesagt, er wolle Frau Dr. Blum zur Rede stellen, und im nächsten

Semester machen sie nur noch Sachen bei dem Junganglisten und Leuten wie ihm, oder bei gütigen alten Professoren, denen sowieso alles egal ist, und den Bezug zur Praxis dürfen sie auch nicht vergessen, damit es nicht zu abgehoben wird, dieses Unileben, schließlich sind sie jetzt Akademiker, da müssen sie aufpassen, dass sie sich nicht im Elfenbeinturm abschotten.

Michelle sucht sich einen Ferienjob in einem Medienbüro, sie weiß nicht ganz genau, was die da machen, aber ihre Aufgabe ist es, Spam-Mail zu löschen und Kaffee zu kochen, das wird sie schon schaffen, und vielleicht ergeben sich dabei ja Kontakte und Beziehungen, die sie später nutzen kann, obwohl sie ja mit Kindern arbeiten will, und Kinder hat hier keiner. Die anderen aus ihrer WG arbeiten in einem Freizeitpark und einem Schnellrestaurant, und es ist jetzt lustiger als während des Semesters, weil alle viel mehr erleben und mit der Wirklichkeit zu tun haben und Erfahrungen machen (Kiki erzählt, dass sie mit einem Montagetechniker unter der Achterbahn gevögelt hat, aber das glaubt ihr keiner; Vivi erzählt, dass sie kleine Zettel mit ihrer Telefonnummer in die Burger schiebt, bevor sie sie an hübsche Jungen verkauft, und einmal hat sie aus Versehen einen Burger mit Nummer einem alten verschwitzten Kerl verkauft und fürchtet nun, er könnte wirklich anrufen, und bei jedem Klingeln kreischen alle vor Spannung und haben viel Spaß zusammen). Wenn man schon an der Uni keine Erfahrungen macht, da sind sie sich einig, muss man eben für ein Leben außerhalb der Uni sorgen, das war ja das Problem der alten Gelehrten, dass sie in ihren Gelehrtenstuben verstaubt sind und die Wirklichkeit aus dem Blick verloren oder sogar so getan haben, als gäbe es die Wirklichkeit gar nicht oder in mehrfacher Ausführung. Michelle, Kiki und Vivi lassen sich von solchen Schnapsideen nicht durcheinanderbringen, sie sind eine andere Generation in einem anderen Jahrtausend und müssen sich ganz anders positionieren, das sagt auch Sebastian in Michelles Medienbüro, der zwar diesen altmodischen Namen trägt, sonst aber sehr auf der Höhe der Zeit ist, die er größtenteils im Internet verbringt, und wie er damit sein Geld verdient, ist ein Geheimnis, das Michelle wohl nicht durchschauen wird, aber man muss ja auch nicht alles im Leben verstehen, und diese Blum mit ihren Fragen und Fragestellungen versteht auch nicht mehr vom neuen Jahrtausend als Michelle und erst recht nicht als Sebastian, mit dem Michelle sogar einen Abend ausgeht, in einen coolen Club über den Dächern von Sommerstadt, der innen so weiß ist, dass Michelle sich fühlt, als sei ihr Gesicht feuerrot.

Sie weiß natürlich, dass Sebastian jeden zweiten Abend mit jemand anderem ausgeht, das hat sie auch mit Kiki und Vivi besprochen, die sie bestärkt haben, trotzdem mitzugehen, das sind Erfahrungen, die sie machen muss, und zum Glück hat sie bei dem Professor schon Whiskey probiert (also ist das Studium doch zu etwas gut), denn Sebastian flößt ihr auch gleich einen ein und danach noch einen riesigen, ungesund blau schimmernden Cocktail, und danach verliert sie ihn etwas aus dem Blick in dem Gewühl, es sehen auch alle gleich aus hier oben, alle so wie sie und Sebastian, aber sich selbst kann sie ja nicht aus dem Blick verlieren, also lehnt sie mit sich und dem Cocktail an der Glasfront und schaut hinunter auf Sommerstadt, diese kleine, lebendige, traditionsreiche aber innovative Stadt, erst jetzt fällt ihr auf, wie viele Sonnenkollektoren auf den Dächern sind, und es macht sie glücklich, die Sonnenkollektoren zu sehen, die gut für die Umwelt sind, Sommerstadt ist also ein guter Ort, ein Ort, an dem sie glücklich ist, ihre Wahlheimat, und das Studium wird vorübergehen wie im Flug, sie wird es kaum merken, und schon wird sie ein schönes Diplom in der Tasche haben, über das sich ihre Eltern freuen werden, und wird eine schöne Arbeit finden, vielleicht bei Sebastian, obwohl sie ja mit Kindern arbeiten will und vielleicht sogar Kinder haben will, mit Manuel, an den sie jetzt lieber nicht denkt, weil er sicher nie wieder zurückkommt, sondern lieber in Australien mit seinem Didgeridoo vergammelt und ja jetzt Sebastian da ist, der gerade auf sie zugetänzelt kommt, er bewegt sich eigenartig schwebend und legt gleich den Arm um sie, ein Glücksgefühl durchströmt sie, und wenn Manuel lieber in Australien herumhängt, lässt sie sich eben von Sebastian, der sich in diesem Jahrtausend sehr gut auskennt, umarmen und zu ihm nach Hause führen, das genauso aussieht wie der Club, sehr weiß und leer, also hätten sie eigentlich auch im Club bleiben und noch eins von diesen blauen Zaubertränken nehmen können, aber Sebastian legt sie aufs Bett, das wäre im Club natürlich nicht gegangen, und alles weitere auch nicht, und am nächsten Morgen muss sie ihm noch nicht einmal beim Zähneputzen zuschauen, weil er schon weg ist, als sie aufwacht, und das ist auch gut so, weil sie sich schäbig fühlt und einen modrigen Belag auf der Zunge hat und lieber in Ruhe in Sebastians weitläufigem Badezimmer alles in Ordnung bringt, bevor sie zu ihm ins Büro geht und so tut, als sei nichts gewesen, das sieht man ja in jedem Film, das hat sie sich fest vorgenommen, und als ihr auf einmal beim Kaffeekochen im Büro die Tränen kommen, während Sebastian lautstark (er hat eine durchdringende Stimme) mit New York telefoniert, denkt sie an den krummen Finger des Professors und hört gleich wieder auf.

Die Universität Sommerstadt nutzt die Semesterferien, um über sich selbst nachzudenken, Teile von sich abzuschaffen und andere Teile zu verbessern, denn sie möchte sich exzellent positionieren, und das bedeutet auch, Opfer bringen zu müssen. Es gibt eine *Zukunftswerkstatt* für die Ingenieure, einen *Visionären Tag* für die Juristen, einen *Markt der Möglichkeiten* für die

Pädagogen und Psychologen, einige kleinere geisteswissenschaftliche Fächer werden abgeschafft (Herr Birkner hat viel zu tun, eine Aufgabe, die ihn beglückt, weil sie ihm so viele Gestaltungsmöglichkeiten einräumt), zwei Kompetenzzentren werden gegründet, und die Philologien diskutieren ein Wochenende lang einen neuen Fächerverbund: Sprache und globale Kommunikation. Der alte Professor, der keine Einladung ausschlägt, obwohl das Thema ihn nur am Rande interessiert, aber er nutzt die Tage, um alte Kontakte aufzufrischen, sich an den Erfrischungen gütlich zu tun und sich mit den älteren Kollegen für Sonntagmorgen zum literarischen Frühschoppen zu verabreden, spricht ein ernstes Wörtchen mit Heike Blum, die nur unter Einsatz sämtlicher Bekannter und der geschiedenen Schwiegermutter die Kinder unterbringen konnte, um hier zu sein (sie hätte geschwänzt, wenn es den zweiten Drohbrief von Herrn Birkner nicht gäbe, der sie nachts wach hält und ihre Neurodermitis zum Aufblühen gebracht hat, so dass sie jetzt mit dunkelrot flackerndem Gesicht durch die Gegend läuft). In einer Pause, als sich alle um die Schalen mit den Aldiplätzchen drängen (die mit Schokoguss sind sofort weg), fragt er, mit seiner tragenden Baritonstimme im ganzen Saal gut vernehmlich, nach Heike Blums Eindruck von der neuen Studentengeneration. Heike Blum steht mit ihrem Kaffee beim Mittelbau, hinten an den Wänden warten die Assistenten und

Hilfskräfte, direkt neben dem Kaffeewagen die Lehrstuhlinhaber und Emeriti.

Sofort sinkt der Geräuschpegel, und Heike Blum weicht instinktiv zwei Schritte zurück, aber der alte Professor zwinkert ihr verschmitzt zu, er will ja nur ein paar Eindrücke austauschen, das tut ihnen doch allen gut, wenn sie ihre Erfahrungen mit den anderen teilen.

Auch Michelle teilt ihre Erfahrungen mit Manuel, von dem sie endlich eine Email bekommen hat, nur ein paar Zeilen, aber immerhin, und sie hat ihm gleich zurückgemailt und ihm auch von Sebastian erzählt, weil sie ganz offen sein und ihm nichts verheimlichen möchte, Offenheit ist das A und O einer guten Beziehung, wenn sie auch gar nicht mehr so gut ist, das sagen auch Kiki und Vivi, nur ihre Eltern würden da vermutlich zurückhaltender sein, aber das ist eben eine andere Generation, sie hätten es ja auch gar nicht erst gemacht, also darf sie ihnen nichts erzählen, aber Manuel hat ein Recht darauf, alles zu wissen, und nun weiß er es (sie schreibt auch, dass es schrecklich war, was nicht stimmt, wenn sie ehrlich ist, kann sie sich an nichts erinnern außer an die Farbe ihres Urins am nächsten Morgen: blau, aber vielleicht stimmt es ihn versöhnlicher, wenn er glaubt, dass mit ihm alles schöner war).

Der Professor: Ja Frau Blum, ich wollte einfach mal hören, wie es Ihnen geht mit den Studenten, wir sehen uns ja immer nur so flüchtig.

Heike Blum: Stimmt, wir haben es immer so eilig.

Der Professor: Ich nicht, meine Liebe, ich nicht mehr (lacht dröhnend), das ist das unschätzbare Privileg des Alters, für Sie natürlich unvorstellbar, Sie stehen ja mitten im Leben, meine Liebe.

Heike Blum: Ja, also (wird noch röter als sowieso schon), ich versuche ja immer, meine Studierenden zum wissenschaftlichen Arbeiten anzuhalten, und das …

(Gelächter brandet auf)

Der alte Professor: Aber das tun wir doch alle, meine Liebe, schließlich ist dies hier eine Universität, oder.

Heike Blum: Ja, na ja, eben, und da ist meine Erfahrung, dass es immer schwieriger wird, überhaupt zu …

Der alte Professor: Was erwarten Sie denn, Heike? Haben Sie gedacht, das fällt Ihnen in den Schoß? Glauben Sie denn, die jungen Leute wissen überhaupt noch, was Studieren bedeutet?

Heike Blum: Nein, eben das meine ich ja, und ich würde ihnen gern …

Mittelbau: Das kannste vergessen. Das läuft nicht mehr. Die wollen nur durchkommen. Denen musst du alles häppchenweise servieren.

Heike Blum: Aber wenn wir so denken, unterschätzen wir doch die Studenten, wir respektieren sie nicht, wir bedienen sie nur, und wir …

Mittelbau: Die zahlen ja auch, da müssen sie auch was mit nach Hause kriegen!

Heike Blum (zunehmend lauter und schriller): Ja,

aber wozu gibt es dann noch eine Universität? Das können sie doch auch woanders kriegen!

Junganglist: Wollen Sie sich etwa selbst abschaffen?

Lautes Gelächter im Saal. Heike Blum zieht sich mit leuchtend rotem Gesicht und Schweißflecken unter dem Arm zurück. Der Mittelbau schiebt sich neben dem Junganglisten eine Vanillewaffel in den Mund und murmelt, sie hat ja nicht ganz unrecht, aber warum werden die Frauen immer gleich so schrill, da kann ja kein Mensch zuhören. Der Junganglist, kauend, starrt den Mittelbau an und schüttelt verwundert den Kopf, keine Ahnung, wovon hier überhaupt geredet wird, ganz ehrlich, bei mir läuft alles bestens.

Michelle bekommt innerhalb weniger Minuten eine Antwort von Manuel, die sie mit zitternden Fingern öffnet: Liebe Michi, ich finde es cool, dass du das Leben ausprobierst. Das mache ich hier auch. Schließlich lebt man nur einmal. Ich gönn dir Spaß und Fun, den ich hier auch habe ohne Ende. XXX Manu

Michelle druckt die Mail aus, legt sie vor sich hin, atmet tief durch und versucht, die Mail als Text zu behandeln, so wie sie es im ersten Semester gelernt hat. Sie achtet auf die Syntax (parataktisch), rhetorische Figuren (keine), Gebrauch von Adjektiven (wenige), Erzählperspektive (Ich-Erzähler), es hilft nicht weiter, vielleicht sollte sie Genette ausprobieren, aber sie versteht die Mail immer noch nicht, sie hat nichts gelernt, das letzte Semester war für die Katz, und dann taucht plötzlich aus den Wirrungen der Textanalyse Frau Dr. Blums idée fixe auf: die Leitfrage, welche Frage stellt sie an den Text, an Manu, und sie starrt auf den Text, sie überlegt, bis ihre Gedanken zu schmerzenden Knoten werden. Sie kommt einfach nicht auf die Frage.

Modul Zwei

Michelle in der UB: Alle diese Bücher ...

Michelle und ihre Freundin machen eine kleine Pause:
Puh, war das anstrengend ...

Die Semesterferien, Michelles erste, sind verstrichen, das Praktikum bei Sebastian ist zu Ende, keine weiteren Mails von Manuel sind eingetroffen, gerade hat sich Michelle ein Buch ausgeliehen und schon beim Anblick des Titels (Das Erzählen in der Krise: Bauformen der Moderne) leichte Rücken- und einen Anflug von Kopfschmerzen verspürt, und nun steht sie am Parkplatz vor der Bibliothek, die wegen Asbestverseuchung bald geschlossen werden wird, so dass sie dann hoffentlich dort nicht mehr auflaufen muss, und wartet auf die anderen Teilnehmer des Kompaktseminars Kreatives Schreiben. Sie haben Fahrgemeinschaften gegründet, um zusammen in eine Berghütte in den schönen Hügeln hinter Sommerstadt zu reisen, wo sie fernab von Punkten, Scheinen und anderen Zwängen ihre Kreativität erforschen können, angeleitet von einer echten Schriftstellerin, die sich für berühmt hält, aber bescheiden genug ist, nur zwei ihrer fünf Werke auf der Literaturliste anzugeben. Michelle hat keins davon gelesen, aber sie hat sich von den verlockenden Formulierungen der Seminarankündigung verführen lassen zu einem »Gruppenexperiment«, bei dem sie ihre »kreative Identität« entdecken sollen und ihre »authentische Stimme« noch dazu, und außerdem ist damit ein ganzes Semester mit einem Schlag abgearbeitet, und die frische Luft wird ihr auch gut tun, und Kreativität kann man immer gebrauchen. Die anderen Mädchen, die allmählich eintreffen, haben sogar Wanderschuhe dabei, Michelle hält das für übertrieben, aber dafür hat sie ein paar Gesellschaftsspiele eingesteckt, damit sie abends etwas zu tun haben auf der Hütte, sie können ja nicht die ganze Zeit schreiben.

Die Schriftstellerin biegt schwungvoll mit ihrem Fahrrad auf den Parkplatz ein, Michelle weiß gleich, dass sie es sein muss, weil sie bunte Hippiekleider trägt und ihr Haar verwuschelt ist, so läuft doch sonst niemand herum. Sie sammelt die Mädchen um sich, zählt alle durch und amüsiert sich darüber, dass sich keine Jungen angemeldet haben, die Männer hätten, sagt sie, Angst vor Selbsterfahrungen jeglicher Art, nicht dass sie eine Therapiegruppe seien, Schreiben könne das nicht leisten, und außerdem seien sie hier an der Uni, und es vertrage sich nicht mit dem akademischen Selbstverständnis, eigene Erfahrungen mit irgendetwas zu machen. Michelle versteht nicht ganz, worauf die Schriftstellerin heraus will, es klingt so, als sei sie nicht zufrieden mit der Uni, für die sie doch arbeitet, das will Michelle nicht einleuchten, und Therapie ist das Letzte, was sie brauchen kann, sie will eigentlich nur ihren Seminarschein in Kreativität machen, so wie die anderen, die sich auch gerade mit hochgezogenen Augenbrauen zweifelnde Blicke zuwerfen, aber da klatscht die Schriftstellerin schon in die Hände und ruft zum Aufbruch auf. Mit mehreren Autos fahren sie durch das liebliche Umland von Sommerstadt, das auch in den

Broschüren der Universität gepriesen und als Entscheidungsgrund ins Feld geführt wird, einem von vielen natürlich, man kann sich ja nicht nach der Wanderkarte für seinen Studienort entscheiden, aber jeder Pluspunkt schlägt eben zu Buche, und das Umland ist wirklich lieblich, kleine verschlafene Weiler, Bäche und Kühe, und schon sind sie in den Hügeln und sammeln die ersten Eindrücke für ihre Schreibübungen, denn die Schriftstellerin hat gesagt, sie sollen gleich die Augen aufmachen, das Schauen sei genauso wichtig wie das Schreiben.

Als sie im Seminarraum der Hütte ihre Laptops öffnen, bricht das erste Unwetter los, die Schriftstellerin besteht darauf, dass sie nur mit der Hand schreiben, taktile Erfahrungen, haptische Erfahrungen, der Stift zwischen den Fingern, die Bleistiftmine auf dem Papier, der Druck des Stiftes, das Gewicht, der bittere Geschmack der Tinte, aber da muss Michelle sich melden und wirklich mal nachfragen, ob sie die Tinte denn trinken sollen oder was. Die Frage klingt unverschämter, als sie gemeint war, und Michelle presst sich gleich die Hand vor den Mund, aber zu ihrer Verblüffung bricht die Schriftstellerin, die offensichtlich zu heftigen Reaktionen neigt, unversehens in lautes Gelächter aus. Alle schauen sich besorgt an und neigen die Köpfe über ihre Schreibblöcke, und dann müssen sie auch schon losschreiben, damit sie sich kennenlernen und die Seminaratmosphäre sich verbessert. Während sie beschreiben, warum sie gekommen sind (wegen des Scheins, aber natürlich nicht nur), und was für ein Tier sie wären, wenn sie eins wären, und was ihr schönstes Schreiberlebnis war, und von der ungewohnten Handbewegung ihre Finger schmerzen, lehnt die Schriftstellerin am Panoramafenster und schaut über die lieblichen, österlich grünen Hügel, und vielleicht braut sich ja hinter ihrer nachdenklich gefurchten Stirn schon der nächste Roman zusammen, man weiß nicht, was in diesen Künstlern vorgeht, denkt Michelle und ist zugleich betört und abgestoßen von dem weiten lilaschwarz gemusterten Pullover der Schriftstellerin, der am Hals ausgefranst ist und an den Ellbogen löchrig (vom vielen Schreiben), und geschminkt ist sie auch überhaupt nicht, sie ist weitaus hässlicher als die Studentinnen, natürlich auch viel älter, das heißt auch, dass sie viel mehr Lebenserfahrung haben muss, worum sie eigentlich zu beneiden wäre, aber Michelle möchte weder ungeschminkt noch alt aussehen, geschminkt könnte sie bestimmt einiges kaschieren, die Schriftstellerin, oder vielleicht ist ihr das Äußere auch gar nicht so wichtig, auf diese altmodische Art des letzten Jahrtausends, die sich Künstler vielleicht noch leisten dürfen, aber für junge Leute so wie Michelle ist das nichts mehr, in Sack und Asche zu gehen, nur damit die inneren Werte sich besser behaupten können, Michelle glaubt nicht an die Trennung von innen und außen, und nun ist sie so überwältigt von der Tiefe ihrer Gedanken, dass sie den Stift sinken lässt.

Sofort hat die Schriftstellerin sie im Visier, na, fragt sie leise und eindringlich, fällt Ihnen nichts ein, und nun fällt Michelle in der Tat überhaupt gar nichts mehr ein, auch die wichtigen Einsichten über das Innere und das Äußere sind plötzlich nebelhaft verschwommen, und sie beugt sich, um dem durchdringenden Blick der Schriftstellerin zu entgehen (Schauen ist genauso wichtig wie Schreiben), über ihren Text: Wenn ich ein Tier wäre, schreibt sie schnell, dann wäre ich eine Giraffe. Die anderen schreiben schnell und eifrig und wenden die Seiten in ihren Schreibblöcken, und als es ans Vorlesen geht, ganz ohne Zwang, aber reihum, damit jeder eine Chance bekommt, fühlt Michelle sich klamm und zittrig, während die anderen fröhlich ihre kleinen Aufsätze vorlesen, Pandabären gibt es, eine Mücke, Katzen natürlich (warum ist Michelle mit ihrer Vorliebe für Katzen nicht darauf gekommen), auch Raubkatzen und eben Michelles Giraffe, die mit freundlichem Gelächter bedacht wird. Ganz ganz wichtig sei es, sagt die Schriftstellerin, sich nicht auszulachen, sondern alles zu respektieren, aber zugleich zuckt ihr linker Mundwinkel ironisch, was nur Michelle zu bemerken scheint, sie pulsiert auf einmal vor Dünnhäutigkeit, das kennt sie gar nicht von sich, aber diese Schriftstellerin setzt etwas in ihr frei, wie sie da steht in ihrem löchrigen Pullover, spöttisch und kaum merklich gelangweilt und himmelschreiend ungeschminkt, und rauchen tut sie auch, in jeder Pause, und es gibt sehr viele Pausen, weil man nicht auf Knopfdruck und pausenlos kreativ sein kann, steht sie auf dem Balkon und qualmt und unterhält sich mit den zweien oder dreien von ihnen, die auch gelegentlich rauchen, wider besseres Wissen natürlich, und die deswegen natürlich die Seminarlieblinge werden.

Sie machen Gruppenaufgaben und Beobachtungsaufgaben, einmal baut die Schriftstellerin ein kleines Stillleben in der Mitte des Raumes auf, das Michelle lächerlich findet, Steine, einen hässlichen Kerzenständer und einen ausgefransten Teddybären, der sie wahrscheinlich an die Kindheit erinnern soll, und dann sollen sie sich von den Objekten inspirieren lassen, und wieder fliegen alle Stifte über die Blöcke, nur Michelle trotzt auf eine Weise vor sich hin, die sie von sich nicht kennt. Auch sie möchte ja den Schein haben, also sollte sie sich einfach einen Ruck geben, aber alles an dieser Schriftstellerin empört sie, und sie sieht es überhaupt nicht ein, über anderleuts Teddybären auch nur eine Zeile zu dichten. Die Schriftstellerin, die ihre Augen überall hat, spürt natürlich Michelles brütende Ablehnung, sie schaut immer wieder zu ihr herüber und fragt manchmal nach ihrer Meinung zu einem Text, und als Michelle zwangsweise, weil alle ohne Ausnahme schon gelesen haben und sie nicht die Kraft aufbringt, die Ausnahme zu sein, eine Prosaskizze über ein Foto vorliest, das die Schriftstellerin ihnen ausgeteilt hat (eine düstere Stadtsilhouette mit Wolkenkratzern und bewölktem Himmel), wird sie für die Eindringlichkeit und Kargheit ihrer Sprache gelobt, als könnte man sie so einfach um den Finger wickeln. Die anderen haben inzwischen Grüppchen gebildet, zu denen Michelle unter normalen Umständen auf jeden Fall gehören würde, beim Mittagessen (Fertiglasagne mit wässrigem Salat, der allen zu schmecken scheint) hocken sie beieinander, nur die Schriftstellerin isst nicht mit, sie geht vor dem Tagungshaus auf und ab und raucht, als bräuchte sie keine Nahrung, und auch Michelle hat nicht viel Appetit.

Abends spielen sie Gesellschaftsspiele, die Michelle sonst mit Leidenschaft spielt, in ihrer Wohngemeinschaft hat sie sogar Spieleabende eingeführt, aber an diesem Abend versucht sie es gar nicht erst, sie sitzt neben dem Kachelofen, der nicht angeheizt ist, trinkt Kamillentee (es gibt auch Hagebutte, der ist noch scheußlicher) und beobachtet verstohlen die Schriftstellerin, die mit ihren rauchenden Lieblingen an einem Tisch sitzt, Wein trinkt, weil sich das für Schriftsteller so gehört, und sich über die Universität beschwert. Sie findet, es gebe zu wenig Kreativität, zu wenig Nachdenken, zu wenig Zeit, zu wenig Entscheidungsspielraum und zu viele Module, ganz anders dagegen zu ihrer Studienzeit, wo alle studierten, was, wie lange und wann sie wollten, und alle waren entflammt für das, was sie taten. Michelle weiß nicht, was daran besser sein soll als heute, aber die Seminarlieblinge nicken eifrig, obwohl Michelle sich sicher ist, dass sie ihre Module genau so routiniert abhaken wie alle anderen, und Routine hat doch auch ihr Gutes, sie sind routinierte Studenten, und man muss nicht für alles brennen.

Diese Schriftstellerin brennt ja auch nicht für die Schreibereien der Mädchen, nur mit Müh und Not tut sie so, weil sie damit Geld verdient, das sie sicher braucht, weil sich ihre Bücher nicht verkaufen, denn gegen Bestseller hat sie auch etwas, das verrät sie den Lieblingen mit lauter Stimme, man müsse, predigt sie, eben seine eigene Stimme finden, und wenn die keiner hören wolle, käme es darauf nicht an, es käme auf dieses eigene an, und wenn sie das nicht fänden, könnten sie sich gleich bei Aldi ins Regal legen, dann wären sie nur Ware, nur Objekt. Michelle schüttelt unwillkürlich den Kopf, sie glaubt einfach nicht, dass ein einziger Leser reicht, um die eigene Stimme zu feiern, und wer bei Aldi im Regal landet, bleibt immer noch abzuwarten. Die Schriftstellerin hat Michelles abwehrende Kopfbewegung gesehen und schaut sie herausfordernd an, aber Michelle presst die Lippen aufeinander und starrt in ihren Kamillentee, sie wird sich dieser Frau nicht preisgeben, sie wird, obwohl sie sich zurück in die Stadt wünscht oder sogar zu ihrer Mutter ins Wohnzimmer oder zu Manuel nach Australien, hier ausharren, im Schlafsaal dem Schnarchen der anderen lauschen (nur die Schriftstellerin hat ein Einzelzimmer), morgen noch ein paar Textchen über die Aussicht oder ihr Leben als Katze schreiben, den Schein einstecken und danach nie wieder irgendetwas schreiben, wenn es sich vermeiden lässt.

Die letzte Übung kurz vor der Abfahrt ist ein erster Satz, den die Schriftstellerin allen austeilt. Inzwischen, sagt sie, sei ja die Gruppe zusammengewachsen, man habe Gehversuche gemacht, ja manche hätten sogar abgehoben, das sei eine wunderbare Erfahrung, und hier müsse man weiterarbeiten, und damit sie sich nun zum Schluss noch einmal frei entfalten könnten, habe sie ihnen einen Anfang mitgebracht, den jeder nach eigenem Gutdünken weiterschreiben könne – ganz frei von Druck und Zwang, einfach abwarten, was dieser Anfang Ihnen schenkt, lassen Sie sich darauf ein. Michelle beugt sich über den Satz, und eine Welle heißer Scham reißt sie fast vom Stuhl. Der Satz lautet: Hier kommt Michelle.

Hier kommt Michelle, schreibt Michelle und presst vor Wut und Scham den Bleistift so fest aufs Papier, dass es beinahe reißt, eine reizende junge Abiturientin, und dann blickt sie kurz über die Schulter, als stünde jemand hinter ihr, sie hat ganz richtig vermutet, dass ihr jemand anders den Stift führt, und zögert deswegen, weiter zu schreiben, und in diesem Augenblick des Zögerns halten wir sie und freuen uns an ihrer Empfindsamkeit (sie merkt oder ahnt immerhin, dass sie eine Marionette ist, eine Einsicht, die nicht jedem gegeben ist und die wir ihr eigentlich nicht von Anfang an zugetraut hätten) und auch an dem Zögern und der beschämten Wut, einem Gemütszustand, der hilfreich sein könnte, um wichtige Charaktereigenschaften auszubilden. Es tun sich wider Erwarten (noch eine erfreuliche Erkenntnis) mehr Möglichkeiten auf, mit Michelle zu verfahren, als geplant. Anstatt sie einfach entzwei zu hauen, abzuschießen, mit Spott und Häme kaltzumachen (keine elegante Lösung, eher aggressiv-stumpf und ohne Sex-Appeal) könnten wir entweder

a) eine Endlosschleife eröffnen (Michelle schreibt den Anfang weiter bis zu dem Punkt, an dem es wieder heißen muss: Hier kommt Michelle, und so weiter.)
b) eine Entwicklung der Hauptfigur anlegen, zart wie ein Samenkorn, sie zeigen, zum ersten Mal zweifelnd, irritiert, zum ersten Mal als Frage- statt als Ausrufezeichen, vielleicht könnten sich diese Momente mehren, auch im Studium könnte Michelle vermehrt Begegnungen haben, die sie aus der nicht selbstverschuldeten Unmündigkeit herausführen (Nina, Heike Blum, neue Figuren), sie könnte einen jungen, geduldigen Studenten treffen, hübscher als Manuel, zärtlicher als Sebastian, der ihr Adorno zu lesen gibt, Nina könnte sie in ein autonomes Seminar mitnehmen, das es eigentlich nicht mehr gibt, aber man könnte es eigens zum Zwecke von Michelles Bewusstwerdung wieder erfinden
c) Michelle in diesem Augenblick gefangen halten, sie

einfrieren, so wie sie da sitzt, den Stift in der Hand, den Blick zornig gesenkt, ein schöner Anblick, weil Wut jungen Mädchen gut bekommt, und diese angehaltene Zeit nutzen, um mit einem gewagten Kameraschwenk einen völlig anderen Schauplatz einzufangen, zum Beispiel Manuel in Australien, wo er inzwischen ein Mädchen aus Malaysia kennengelernt hat, mit der er enger, als es sich Michelle in ihren kühnsten Träumen ausmalt, auf einer Matratze liegt und Kokoscocktails trinkt, oder, und das wäre ein vermutlich weniger reißerischer, aber analytisch wertvollerer Versuch,

d) den Sprung auf die Metaebene zu wagen, Hintergründe aufzuzeigen: denn auch Michelle ist, wie sie gerade beginnt zu ahnen, Spielball, Marionette, Produkt der Verhältnisse, in diesem Fall: Produkt der Studienreformen, für die an der Universität Sommerstadt verantwortlich zeichnet der …

… Rektor.

Der Rektor, ein rotgesichtiger, im Grunde leutseliger Mensch (er teilt mit Michelle eine Vorliebe für Katzen, grillt gerne mit seinen Nachbarn auf der Terrasse, vergisst niemals, dienstags den Müll herauszustellen) teilt nicht mit Michelle, aber mit den meisten anderen Menschen das Bedürfnis, unsterblich zu sein. Es gibt für ihn einige Vorstufen der Unsterblichkeit: in der lokalen Zeitung möglichst oft auf Fotos zu erscheinen, in der

Landesrektorenkonferenz regelmäßige Diskussionsbeiträge zu Protokoll zu bringen, die Universität neu aufzustellen und den Reformen am besten den eigenen Namen zu verleihen. Letzteres ist ihm nicht gelungen, die Reformen greifen europaweit und heißen wie eine Spaghetti-Fleischsoße, aber er hat sie in dieser Universität eingeführt und durchgesetzt, und das war beileibe ein steiniger Weg, wie jeder weiß, der sich einmal als Neuerer, Reformator, gar Rebell versucht hat.

Der Rektor heißt Klaus Maurer, ein Name, der ihm schon als kleinem Jungen peinlich war, weil er hausbacken klingt und nach handwerklicher Mühsal, aber für die Reformen ist der Name mit seiner bodenständigen Bescheidenheit nicht schlecht: Stein auf Stein, und fertig ist das Häuselein, eine neue Universität, verschlankt, elitär (im guten Sinne, man will etwas erreichen, man darf wieder stolz sein, Leistung wird wieder belohnt, Schluss mit dem planlosen Herumhängen, dem Studentenschlendrian, wer zahlt, weiß, was er kriegt, was er zumindest an Klaus Maurers Universität kriegt, nämlich Qualität, und alle schreien ja immer nach der neuen Führungselite: hier in Sommerstadt wächst und gedeiht sie unter Klaus Maurers Hand, ja, man kann es ruhig sagen: unter seiner Führung, denn dieser Rektor schreckt nicht zurück vor der Verantwortung). Klaus Maurer trinkt also immer noch auf der Terrasse Wein mit seinen Nachbarn und unterhält sich mit ihnen über die späte Blüte der Obstbäume in diesem Jahr und über die geänderten Fahrpläne der Stadtbusse, aber zugleich formt er in seinem Kopf, auf seiner Festplatte und in seinem Führungsstab eine neue Universität, die mit der sentimentalen Humboldt-Romantik Schluss macht, es stehen zwar auf dem Universitätsgelände ein paar Statuen und Büsten herum, aber eigentlich geht es doch heute um anderes. Es geht darum, sagt Seine Magnifizenz Klaus Maurer zu seinem Pressesprecher, der daraus gleich eine schmucke kleine Meldung für die Lokalzeitung macht (er hat auch dafür gesorgt, dass es in eben jener Zeitung eine wöchentliche Hochschulseite gibt, die nur darauf wartet, mit schmucken kleinen Meldungen gefüttert zu werden), junge Leute wie Michelle fit für den internationalen, vernetzten, globalisierten Markt zu machen, mit dem kostbarsten Gut, das wir haben: Wissen, und zwar nicht irgendwelchem unnützen Bildungsbürger-Ballast, sondern relevantem, aktuellem, kompatiblen Wissen, und wer könnte dieses Wissen besser vermitteln als die Universität.

Der Pressesprecher nickt, er hat einen langen Tag hinter sich und eine kurze Nacht, weil er seit einigen Wochen Vater ist und das Neugeborene, das ihm seine Frau geschenkt hat, nachts einfach nicht schlafen will, es brüllt, bis es nach Luft schnappt, dann schnappt es zuviel davon und brüllt wieder, weil es Blähungen bekommt, und der Pressesprecher muss um drei oder vier Uhr nachts seiner weinenden, erschöpften Frau das Baby abnehmen, es sich an die Schulter legen, auf die es dann spuckt, und es durch die Wohnung tragen, bis auch er vor Erschöpfung den Tränen nah ist, nicht weil ihm das Babytragen zu viel wird, sondern weil er weiß, dass er am nächsten Morgen die weitreichenden Gedanken des Rektors nicht nur anhören, sondern auch verstehen und zu handlichen schmucken Meldungen verarbeiten können muss, und das geht nur sehr schlecht, wenn die Augen vor Müdigkeit glühen und die rechte Schulter sich anfühlt wie aus Beton gegossen.

Aber er hat Übung darin, trotzdem zu nicken, es gibt auch kaum andere Möglichkeiten, er kann ja schlecht den Kopf schütteln oder die brennenden Augen schließen, nur einen Augenblick lang, das geht natürlich nicht, weil Klaus Maurer ihn nicht aus den Augen lässt, während er seine Vision mit immer neuen Worten umschreibt, so dass die Schriftstellerin in der Schreibwerkstatt sicher zufrieden mit ihm wäre, aber nur bis sie erführe, dass der Rektor beabsichtigt, das Studium Generale, all diese weitschweifigen, bildungsschwangeren, althergebrachten, selbsterfahrungstrunkenen Angebote einfach wegzukürzen, weil man sich natürlich überlegen muss, wohin das Geld geht, und Reformen bedeuten auch schmerzhafte Einschnitte, er ist gewiss nicht leichtfertig in dieser Hinsicht und möchte auch niemandem persönlich schaden, aber Führung heißt eben auch, das allgemeine Wohl über das persönliche Schicksal zu stellen. Er lebt es ja selbst vor, natürlich hätte er auch Professor bleiben können, ein bequemer Posten, gemütliches Büro, Assistenten und Hiwis huschten hin und her, aber er hat eben von sich selbst abgesehen, als ihm diese große Aufgabe angetragen wurde, obwohl es für die Gesundheit nicht zuträglich ist, all das Reformieren, Planen, Reisen, denn auch dies, sagt Seine Magnifizenz, ist in dieser globalisierten Welt von höchster Priorität, und deswegen reist der Rektor viel und oft nach Asien, aber auch nach Übersee und in die Vereinigten Staaten, all die zahllosen Partnerschaften müssen ja am Leben erhalten werden, das ist Fleisch und Blut, das sind Menschen zum Anfassen, unsere Partner, und damit es gesundheitlich überhaupt erträglich ist, muss der Rektor erste Klasse fliegen, sonst ist das in seinem Alter einfach nicht zumutbar. Der Pressesprecher, der mitfliegen und sich um das Gepäck des Rektors kümmern muss, ein jugendlicher, drahtiger, wenn auch übernächtigter Mensch, fliegt natürlich Economy, denn man will ja dem Steuerzahler diese Kosten nicht unnötig aufbürden. Internationalisierung, sag ich nur, sagt der Rektor zum Pressesprecher, der auf seinen elektronischen Notizblock einfach ein I macht, er kennt das schon, er muss ein bisschen abkürzen, I für Internationalisierung, G für Globalisierung, K für Kompetenz, um eben, der Rektor nimmt den Faden gleich wieder auf, auf dem internationalen Spielfeld global kompetent zu sein, und er stutzt einen Moment lang, schaut den Pressesprecher etwas irritiert an und sieht nun eine weiße Schliere auf der Schulter des Pressesprechers, die alles mögliche sein könnte, Zahnpasta, Putz, Schleim, und angewidert wendet sich der Rektor ab, Sie haben da was.

Der Pressesprecher dreht den Kopf so weit nach rechts, wie es die Halsmuskulatur erlaubt, und versucht, unauffällig an der getrockneten Milchspur des Babys herum zu kratzen, aber der Rektor spricht schon weiter, und der Pressesprecher gerät in milde Panik, er muss mitschreiben oder hinterher alles erfinden, was ihm nicht weiter schwer fallen dürfte, nur ist das Risiko dabei hoch, dass der Rektor eine seiner eleganteren Wendungen vermisst und ihn dann dafür büßen lässt. Im Führungsstab muss man eben in der Lage sein, persönliche Probleme hinter sich zu lassen und immerzu Einsatzbereitschaft zu zeigen, es erinnert den Pressesprecher an den Dienst bei der Bundeswehr, den er selbst verweigert hat, stattdessen hat er alten Leuten in einer Seniorenresidenz Tabletten gebracht und Rollstühle geschoben, und diese Zeit erscheint ihm nun manchmal als eine Zeit des Friedens und der Mitmenschlichkeit.

Nachher gibt es ein Treffen mit dem Touristikverband Sommerstadt, man muss ganz eng zusammenarbeiten, es gibt da auch zahllose Möglichkeiten, letztes Jahr hat der Pressesprecher sogar als Dankeschön zwei Kästen erlesenen Weines vom Universitätsweinberg bekommen, weil die Zusammenarbeit besonders fruchtbar war, dabei trinkt er ja kaum etwas, sonst geht er irgendwann völlig aus dem Leim. Eine Rundung über dem Hosenbund ist schon nicht mehr zu übersehen, na in welchem Monat sind wir denn, pflegte seine Frau zu sagen, als sie selbst noch schwanger war, und klopfte ihm das neue Bäuchlein, aber die Universität ist eben nicht gesundheitsförderlich, das hat er schon im Studium gemerkt, wenn nach den durchgelesenen Nächten die Knochen schmerzten und die Füße in der Bibliothek zu heißen Klumpen zerrannen, viele seiner Kollegen trainieren ja jetzt in Studios, Workout nennen sie das Gehampel, aber er war eigentlich, bevor er Pressesprecher wurde, ein Mann des Geistes, Germanist mit vielen Veröffentlichungen, Kleist, Büchner, Vormärz. Die Liste seiner Artikel könnte er sich ausdrucken und damit das ganze Reihenhaus einwickeln, das sie seit zwei Jahren besitzen oder zumindest abzahlen, aber die Monatsraten kriegte er damit nicht zusammen, und Stellen gab es nicht für Kleist- oder Büchnerforscher, sondern für Neue Medien, Intercultural Studies und Gender, und da ist er eben Pressesprecher geworden.

Das Treffen mit dem Touristikverband ist gemütlich, der Touristikchef, ein alter Studienkollege, hat Sommerstädter Kipferl in einem üppigen, rotweißkariert ausgeschlagenen Korb mitgebracht, und der Journalist, der automatisch zu allen Terminen erscheint, greift sofort gierig danach und besprenkelt sich sein Jackett mit Puderzucker, so dass die weiße Schliere auf der Schulter des Pressesprechers gar nicht mehr auffällt.

Mit den Kipferl hält er sich zurück, wegen der Wölbung, aber auch wegen eines brennenden Gefühls in der Magengegend, das ihn in letzter Zeit manchmal quält und auch schon dazu geführt hat, dass er bei einem wichtigen Termin mit der glühend gelockten Hochschulredakteurin der Lokalzeitung ständig aufstoßen musste und am Ende sogar in einen Schluckauf ausbrach, den sie sofort persönlich nahm, weil er ihre Leidenschaft für Hochschulthemen mit einem penetranten Staccato untermalte, das sich einfach nicht unterdrücken ließ, sondern umso stärker aus ihm herausplatzte, je mehr er die Luft anhielt.

Aber wir halten uns mit Nebenfiguren auf. Der Pressesprecher lässt zwar seine Fäden spielen, aber alle hat er eben nicht in der Hand, und selbst der Rektor, Seine Magnifizenz Klaus Maurer, hat auch nicht alle in der Hand, die Fäden werden anderswo gezogen, in der Politik, in den EU-Kommissionen, und plötzlich ist sie da, die Reform, und an hunderten, tausenden von Universitäten in ganz Europa werden die Humboldt-Büsten in die Archive gestellt und die Studiengänge entrümpelt und eingeebnet, und gerade eben hat Heike Blums Kollege im Büro nebenan, ein schmaler asketischer Keltologe, erfahren, dass er und seine siebzehn Studenten abgeschafft werden.

Natürlich hat er es geahnt, er hat haufenweise Drittmittelgelder eingetrieben, hat die Keltologie als Exzellenzprofil neu definiert, er hat sich wirklich Mühe gegeben, und alle siebzehn Studenten haben ihm geholfen, sie sind eine große Familie und fühlen sich verantwortlich für Georg Hahnel, einen Gelehrten, wie er im Buche steht, jemand, der sich nicht im Studio dehnt und strafft, jemand, der fünf Sprachen spricht und sieben liest, der alles, was seine Zielkultur jemals hervorgebracht hat, auswendig kennt, der Dudelsack, Whistle und Bodhrán spielen kann und es auch tut, wenn sie nachts beisammen sitzen.

Sie sind eben keine normalen Studenten, eine Michelle gibt es hier nicht, sie haben besondere Namen und brennen allesamt vor Leidenschaft, aber trotzdem arbeiten sie wissenschaftlich, Module sind ihnen egal, sie lesen alte Handschriften, entziffern jahrhundertealte Bücher, erforschen die Quellen, sammeln, sortieren und dokumentieren, das sind vielleicht keine Schlüsselkompetenzen, aber das ist ihnen egal. Sie halten zusammen, sie schreiben immer alle Hausarbeiten gemeinsam, und sie schreiben sie wirklich, nichts aus dem Internet, nichts kopiert, gekauft, geschummelt, was auch daran liegt, dass es fast nichts gibt: Sie sind die einzigen. Und danach trinken sie Guinness, weil sie keine trockenen Papierfiguren sind, sie leben ihr Leben und lieben ihre Wissenschaft, die nun einfach abgeschafft werden soll.

Georg Hahnel kann abgeschafft werden, weil er nur einen Zeitvertrag hat, Herr Birkner hat sich schon darum gekümmert, das ist ein Kinderspiel, den Personalrat kann man ausschalten, niemand braucht Georg Hahnel, er ist eine Antiquität, ein Fossil, obwohl er so alt noch gar nicht ist. Einmal ist er dem Rektor begegnet, als er besonders üppige Drittmittel eingeworben hatte (von der irischen Botschaft und dem Minderheitensprachfond der EU gleichzeitig), er wurde zusammen mit anderen Goldeseln zu einem Empfang eingeladen, den der Rektor mit zahlreichen I-, G- und K-Wörtern blumig eröffnete, der Pressesprecher stand am Rand und überwachte den Fotografen, der den Rektor nur frontal oder von der rechten Seite ablichten durfte, nicht aber von links (jeden Morgen ärgert sich der Rektor über die Asymmetrie seines Gesichtes, aber er hat es aufgegeben, etwas dagegen zu unternehmen, eine Zeitlang hat er seine Augenmuskeln trainiert und Lippengymnastik gemacht, ohne sichtbare Folgen). Georg Hahnel und ein paar Kollegen aus der Physik und der Umwelttechnik schüttelten dem Rektor die kühle Hand, und dann fragte der Rektor, wer denn der Keltologe sei.

Georg Hahnel hob tapfer die Hand, er brauchte sich nicht zu verstecken, sein Fach hatte eine lange Geschichte, und seine Habilitation war in den letzten Zügen, bald würde sie als gewichtiges Lehrwerk die akademische Welt bereichern, also kein Grund, sich untertänig zu verhalten.

Dann können Sie mir sicher sagen, lachte der Rektor, warum die Iren rote Haare haben.

Georg Hahnel errötete sofort, mit dieser Frage hatte er nicht gerechnet, er könnte dem Rektor die altirische Metrik erklären oder die Heiligenviten des Mittelalters, aber doch nicht diesen touristischen Unsinn, es stimmte außerdem gar nicht, gerade an der Westküste, die er oft besucht und erforscht hatte, gab es wenig Rotschöpfe und viele schwarz gelockte spanisch anmutende Schönheiten, aber er konnte ja wohl kaum dem Rektor widersprechen. Er öffnete den Mund, aber es gab nichts zu sagen, er konnte lügen oder widersprechen, beides war nicht ratsam, also schloss er den Mund.

Nicht sehr redselig, was, sagte der Rektor leutselig und tätschelte Georg Hahnel die Schulter, eine unerträglich väterliche Geste. Dann musterte er ihn kurz und wendete sich ab, es gab nichts mehr zu sagen, und Georg Hahnel glaubte, im Blick des Rektors Ekel zu erkennen. Sobald es ging, schlich er sich weg und suchte im Institut (seinem Büro) nach den siebzehn Getreuen, aber niemand war da, und so ging er nach Hause, wo eine seiner Frauen auf ihn wartete (er lehnte Monogamie ab), die ihn mit Rückenmassage und Harfenklängen besänftigte, du musst mit diesem Arschloch nicht reden können, flüsterte sie ihm ins Ohr, es ehrt dich sogar, mach dir nichts draus.

Geehrt fühlte er sich nicht, aber er brachte es fertig, die Begegnung zu vergessen, und nun liegt auf dem Tisch die Benachrichtigung, dass ab dem nächsten Wintersemester das Fach abgeschafft wird. Georg Hahnel wird schneeweiß, seine Hand zuckt zum Telefon, um den Personalrat anzurufen, den Rektor anzurufen, eine seiner Frauen zu erreichen oder wenigstens die siebzehn Getreuen zu einer Demo zusammenzutrommeln, aber plötzlich ist ihm flau zumute, und er taumelt auf den Gang, hinüber zu Heike Blum, die gerade ein Antwortschreiben auf den dritten Drohbrief des Herrn Birkner verfasst und selbst den Tränen nah ist.

Was ist los, seufzt sie, als sie den fahlen Georg Hahnel im Türrahmen sieht, und als sie das Schreiben gelesen hat, vergräbt sie das Gesicht in den Händen und summt leise *Nehmt Abschied Brüder,* und Georg Hahnel sinkt auf den Besucherstuhl neben ihrem Schreibtisch und beißt sich so fest auf die Unterlippe, dass es blutet, und stößt hervor, sie wollen die Gelehrsamkeit abschaffen. Sie wollen uns vernichten. Nichts wird übrig bleiben. Dabei habe ich doch alles versucht. All die Anträge. Die Drittmittel. Alles.

Dafür dürfen dann bald alle studieren, murmelt Heike Blum, und dann kocht sie einen Brennesseltee, und sie sitzen zusammen schweigend im Büro und verbrennen sich die Zungen.

Auch Heike Blum leidet, und darum verzichtet sie seit einiger Zeit auf Kaffee, an einem ständigen Brennen in der Magengegend und gelegentlichem Aufstoßen, manchmal fühlt sie sich übersatt und bekommt keinen Bissen herunter, dann wieder überfällt sie ein unstillbarer Hunger, den selbst der Nachschlag in der Mensa nicht stillen kann, das kann nicht gesund sein, aber sie war noch nicht beim Arzt, sie darf nicht krank werden, dann würde alles zusammenbrechen, dann könnte sie sich gleich mit Georg Hahnel zusammen die Kugel geben. Nach dem magenberuhigenden Brennesseltee nimmt sie also Georg Hahnel lieber mit in die Mensa, es ist nicht erfreulich, aber tröstlich, sich in die Schlange einzureihen, zusammen mit vielen anderen das Essen zu empfangen und in fein säuberlich abgetrennten Tablettsektionen zu verspeisen, immer das Gleiche mit verschiedenen Namen, auch das ist beruhigend: Schweinerücken mit Kartoffelkroketten, Kartoffelbratlinge mit Schweineragout, Salat mit Streifen vom Schwein und Kartoffelrösti. Der Aufgang zur Mensa ist geschmückt mit großformatigen, gerahmten Postern von Feinschmeckergerichten, raffiniert aufgeschichteten, liebevoll mit frischen Kräutern dekorierten Speisen und knackigen Salaten, auf denen noch die Wassertropfen perlen, man soll eingestimmt werden auf kommende Gaumenfreuden, und natürlich ist die Fallhöhe dann noch krasser, wenn man die klebrigen Tabletts in Empfang nimmt und die Soße einem über die Finger schwappt, aber umso rührender ist der Versuch, eine Hochstimmung zu erzeugen, und schon die Rührung hilft Heike Blum und Georg Hahnel durch den schweren Tag. Umso mehr dann die hordenhafte Zusammenrottung von Kollegen an den hinteren Fenstertischen, dies ist der Treffpunkt der kleinen, unterdrückten

Fächer, die Bolognagewinner und Exzellenzstreber haben längst ihre eigene Elitemensa in einer geräumigen, geschmackvoll umgebauten Altstadtvilla bekommen, aber die Gelehrten und letzten Geistesarbeiter auf dem Acker des Herrn treffen sich jeden Mittag um zwanzig vor zwölf hier am Fenster, Tablett an Tablett, der Umgang ist familiär, es kommt vor, dass sich jemand bekleckert, aber niemand stört sich daran, und einer holt Servietten für alle, reihum Kaffee, an besonders harten Tagen gibt es Schokolade, sie erzählen sich ihre Missgeschicke, berichten von Drohungen und Kürzungen, vom Personalrat, von den Launen der Oberen und den Zicken der Unteren, belauscht von eifrigen Studenten, die wissen wollen, worüber die Gelehrten denn wohl reden mit vollem Mund. Manchmal setzt sich ein Oberer dazu, dann rücken alle und machen Platz und senken die Stimmen, oder der junge gutaussehende Juniorprofessor nähert sich mit seinem Tablett, dann senken alle die Köpfe und kauen konzentriert, nur die Studentinnen in der näheren Gegend straffen sich und lassen ihre Augen blitzen, außer Nina, die finster und unbestechlich ihren vegetarischen Bratling kaut und nicht auf studiotrainierte Bauchmuskeln und federnden Gang hereinfällt.

Heike Blum gibt Georg Hahnel von ihren Brechbohnen ab, und dann schiebt sie ihm auch noch ihren Griespudding zu, ihm geht es heute schlechter als ihr, es wird ihn bald nicht mehr geben, was könnte er denn anfangen mit dem Rest seines Lebens, er könnte in Irland Torf stechen, ein B & B eröffnen, in Bars Dudelsack spielen, aber das alles wagt sie diesem gelehrten Menschen nicht vorzuschlagen, schließlich hat er die letzten fünfzehn Jahre damit verbracht, Wissenschaft zu machen, die sonst fast niemand macht, das ist tapfer und ehrenwert, und fast fühlt sich Heike Blum ein wenig verliebt in ihn, weil er so schmal und bleich vor sich hin kaut und sinniert, sicher denkt er über seine Zukunft nach, ein arbeitsloser Keltologe mit achtunddreißig Artikeln, einer angefangenen Habilitation und mindestens zwei, wenn nicht drei Frauen, das können keine einfachen Gedanken sein, und sie möchte ihm beistehen, weil sie alle im selben Boot sitzen.

So kommt es, dass an diesem Nachmittag, als Michelle mit dem Stift in der Hand unter dem gestrengen Blick der Schriftstellerin ihren eigenen Roman anfängt, der Rektor Kipferl isst und der Pressesprecher auf der Herrentoilette an der weißen Schliere herumwischt (mit feuchtem Klopapier, das sich auf dem rauen Anzugstoff sofort in Fusseln auflöst, so dass sich der Fleck verdoppelt, wenn nicht verdreifacht), Heike Blum den knochigen Körper von Georg Hahnel auf dem von ihm selbst zusammengezimmerten Futon in den Armen hält und versucht, ihm auf ihre Weise Trost zu schenken, dünne Männer kann sie gut lieben, weil sie üppige Bauchpolster hat, in die die Hüftgelenke der dünnen Männer einsinken können, und einen Moment lang fragt sie sich, wer den dünnen Rektor liebt und ob überhaupt, und wie es um den grausamen und gnadenlosen Herrn Birkner steht, der so viele Menschen schindet (aber auf jedes Töpfchen passt ein Deckelchen, hat ihre Mutter gerne gesagt), und ob es nicht verschiedene Wörter für verschieden gewichtige sich liebende Körper geben könnte (dünn auf dick, dick auf dick, dick auf dünn), aber dann denkt sie, dass das Denken der Hingabe nicht förderlich ist, dass Georg Hahnel aber an diesem schweren Tag Hingabe verdient hat (sie weiß nicht, dass ihm seine anderen Frauen auch an diesem Tag noch größere Mengen von Hingabe zugedeihen lassen werden), und wenn sie nur einen Moment aufhören könnte zu denken, wäre diese Mittagspause auf Georg Hahnels Futon eine willkommene Abwechslung.

Natürlich wird es später doch eine Demonstration geben, sogar eine besonders farbenprächtige, die Keltologen werden, gekleidet in keltische Phantasiegewänder, Schottenröcke und Asterixkostüme, mit Musik und Bannern durch die Stadt ziehen, begleitet von Nina und ihren Freunden mit Trillerpfeifen und von der Mensagruppe der kleinen bedrohten Fächer, ein buntes Trüppchen, das da an den Boutiquen und Handyläden und Sportkaufhäusern der Fußgängerzone vorüberzieht, genehmigt ist auch alles, so dass es keine bösen Überraschungen mit der Polizei geben kann, die Kids vor McDonald‘s winken den urigen Gestalten zu,

Hunde bellen, die Demonstranten demonstrieren mit sichtlichem Vergnügen und bekommen sogar von dem einen oder anderen Passanten etwas Kleingeld in die Hand gedrückt, weil man sie für Straßenmusikanten hält und die Sommerstädter immer sehr aufgeschlossen für kulturelle Darbietungen in ihrer Stadt sind. Zwei der siebzehn Studenten schleppen einen schön gestalteten Sarg aus Pappe, in den die soeben verstorbene Keltologie mit bleicher Fratze gebettet ist. Dieser Sarg hätte die kleine Keltologenfamilie beinahe entzweit: Georg Hahnel und seine Anhänger finden die Puppe zu tot und zu schockierend und den Anblick zu aussichtslos (wenn sie schon tot ist, braucht man ja auch nicht zu demonstrieren), die anderen wollen Aufsehen erregen, und das geht heutzutage nur noch mit dem Tod. Zu guter Letzt wurde die Puppe in einer malt whiskeyvernebelten Nacht aus Pappmaché gefertigt, und wenn man genau hinschaut, muss man zugeben, dass sie Georg Hahnels schmale Züge trägt. Was das Aufsehen angeht, hatten die Puppenbefürworter recht, die Puppe führt zu begeisterten Ekelschreien, und als ein Reporter der lokalen Zeitung von einer Passantin wissen will, wogegen denn hier demonstriert werde, vermutet sie, gegen die katastrophalen Zustände im Gesundheitswesen. Da von den zuständigen Oberen der Universitätsführung und Verwaltung sowieso niemand kommt, zockelt der fröhliche Umzug ungestört und folgenlos durch die Stadt, versandet in einem Café und auf der

Wiese vor dem Hauptgebäude, wo die siebzehn Studenten noch ein paar irische Weisen spielen und dann melancholisch nach Hause gehen und miteinander schlafen, um sich zu trösten.

Inzwischen ist Michelle längst von ihrem Schreibwochenende zurückgekehrt und arbeitet sich durch Modul 2. Die Zweifel, die sie in dem Tagungshaus anflogen, hat sie von sich geschoben. Die Schriftstellerin hat ihr eine schlechte Note für ihre Texte verpasst und ihr mit einem zynischen und düsteren Blick zu verstehen gegeben, sie habe nichts zu sagen. Michelle hat mit den Tränen gekämpft und sich dann nach Hause zu ihren Eltern geflüchtet, die mit frisch gebackenem Kuchen, gutem Kaffee in der Hollywoodschaukel und ruhigen, offenen Gesprächen ihre Tochter zu beruhigen vermochten.

Michelle: Sie hat gesagt, ich hätte nichts zu sagen!

Vater: Ja hast du dich denn nicht beteiligt?

Michelle: Das war ihr ja alles nicht recht! Ich musste ja bloß den Mund aufmachen, schon war es falsch!

Vater (sinnierend): Es gibt kein Richtig oder Falsch!

Mutter: Red keinen Unsinn, Papa! Natürlich gibt es Richtig und Falsch! Jetzt bring sie doch nicht noch mehr durcheinander! Michelle, sollen wir uns mal mit der Dame in Verbindung setzen?

Michelle: schluchzt.

Vater: Man kann ja immer auch noch klagen. Du weißt, dass wir einen guten Anwalt an der Hand haben.

Michelle: Habe ich denn was zu sagen?

Mutter: Na du sagst doch gerade was, oder?

Michelle: nickt und lacht unter Tränen.

Mutter: Diese verkorksten Akademiker. Die kriegen doch ihr Leben nicht in den Griff, und dann müssen sie sich an den Mädchen austoben.

Michelle hat sich seitdem fest vorgenommen, ihr Leben in den Griff zu kriegen und diesen Griff auch nicht zu lockern und einen Bogen um alle Dozenten zu machen, die verbittert oder zynisch aussehen, und da sich die Auswahl an in Frage kommenden Lehrpersonen auf diese Weise dramatisch verringert, ist es für sie viel leichter geworden, die passenden Veranstaltungen zu finden.

Und weil die Keltologie abgeschafft wird, wird bald direkt neben Heike Blum ein schönes Büro frei, das die Universitätsleitung nutzen wird, um einen professionellen Psychologen zur Studentenbetreuung hineinzusetzen, damit solche Krisen gleich im Keim erstickt werden können.

Modul Drei

Manuels Didge: Blessed be the pipe/That is always light/
Blessed be the seed/Of the ganga weed/Let it burn!

Zu Besuch beim Mittelbau: Hier kriegt man,
was man braucht …

Bisher gab es für Michelle pro Modul eine kleine Krise, aus der sie jedes Mal gestärkt hervorgegangen ist. Sie hat geweint, gelitten und sich Trost geholt, eine sinnvolle Überlebensstrategie, die ihre Mitbewohnerinnen genauso anwenden. Sie sitzen dann in der Küche, reden sich alles von der Seele, und dann mündet das Reden in befreiendes Lästern und schließlich Lachen, der Appetit stellt sich wieder ein, und sie kochen etwas Schönes und gehen am Wochenende zusammen aus, wie eine kleine Familie, das können nicht nur die Keltologen, die Rudelbildung führt in Sommerstadt zu einer unüberschaubaren Zahl von kleinen familiären Einheiten, Grüppchen von Studenten, Studentinnen, jungen Professoren, alten Professoren, Chefs, Untergebenen, Hippies, Keltologen, Romanisten, Medizinern, Demonstranten, Schriftstellern und Verwaltungsprofis, die sich alle jeweils nur mit ihresgleichen abgeben und dadurch Wärme und Trost erleben, in Zeiten sozialer Kälte eine gute Taktik, um nicht zu vereinsamen, nur der Rektor steht natürlich ganz allein an der Spitze, denn wer ganz oben ist, muss auf Bindungen verzichten, das ist der Preis.

So kommt es, dass der Psychologe, der seit dem frischen Wintersemester und Michelles drittem Modul im keltologenfreien, frisch gestrichenen Büro sitzt (Psychologen brauchen helle, lichte Räumlichkeiten, das hat sogar die Raumplanung eingesehen), eigentlich nicht viel zu tun hat, weil die Einsamkeit und in ihrem Gefolge all die Lebenskrisen, Zweifel und Sinnfragen, für die er eingestellt worden ist, in Sommerstadt nicht recht zum Zuge kommen, und den Rektor kann er ja kaum behandeln, der würde auch nicht kommen.

Also beschäftigt er sich damit, seinen Raum wohnlich zu gestalten (Pflanzen, ein schönes, in hellen Farben gehaltenes Kunstwerk, eine Kuschelecke mit Sitzkissen und Teppichboden) und Kontakt zu seinen Büronachbarn (Heike Blum und auf der anderen Seite eine Teilzeit-Philosophin kurz vor der Abschaffung) aufzunehmen, die sich allerdings als zurückhaltend, um nicht zu sagen gehemmt und kontaktgestört erweisen und ständig übelriechende Kräutertees aufbrühen, deren Geruch beinahe den frischen Ingwerduft seines Raumsprays überlagert.

Als Michelle in seiner offenen Beratungsstunde am Mittwochnachmittag auftaucht, erlebt sie einen begeisterten Empfang.

Psychologe: Bitte, kommen Sie! Setzen Sie sich! Kann ich Ihnen ein Glas Wasser anbieten?

Michelle (schüchtern): Was ist denn das Schwarze in der Kanne?

Psychologe: Das sind Edelsteine! Die mineralisieren das Wasser! Sie werden sehen, das tut gut! Und jetzt erzählen Sie mal. Worum geht es denn.

Michelle: Ich, also – wie soll ich denn anfangen?

Psychologe: Einfach mit dem, was Ihnen gerade

durch den Kopf geht (lehnt sich zurück, öffnet einladend die Arme)

Michelle: Also, ich bin nicht irgendwie krank oder so. Ich meine, ich habe eigentlich keine Probleme. Das läuft alles ganz gut.

Psychologe (ermutigend): Aha, ja.

Michelle: Ja, und jetzt – kann ich Ihnen was Privates erzählen, oder müssen es Unisachen sein?

Psychologe: nickt ihr aufmunternd zu.

Michelle: Ja also, in der Uni läuft es eben richtig gut, aber seit zwei Wochen ist mein Freund, also mein Exfreund, also der Manuel wieder da, aus Australien, und der bringt alles durcheinander, und der bringt mein Leben durcheinander. (bricht in Tränen aus)

Psychologe: Was bringt er denn durcheinander?

Michelle: Ja der wohnt jetzt bei mir, weil er ja noch kein Zimmer gefunden hat, und wenn ich lernen will, spielt er Didgeridoo, das ist dieses, dieses, Sie wissen schon, oder er sitzt in der Küche und redet mit den anderen Mädels, aber die wollen das gar nicht, die müssen ja auch lernen, und dann fragt er mich immer so Sachen.

Psychologe: zieht fragend die Augenbrauen hoch.

Michelle: Na so Sinnsachen. Ob ich überhaupt zum Denken komme bei all der Lernerei, und ob ich wirklich die Phonetik des Kumbrischen erforschen will, und ob ich überhaupt Lehrerin werden will und warum, und ob ich eigentlich weiß, wer ich bin, und dass das Leben sehr kurz ist.

Der Psychologe diagnostiziert einen depressiven Schub und schlägt vor, alles Destruktive (Sinnsachen, Manuel, die Kürze des Lebens) erst mal aus ihrem Leben zu entfernen. Michelle schluchzt auf: Wie soll sie denn Manuel entfernen, soll sie ihn umbringen? In gewisser Weise ja, räsoniert der Psychologe, symbolisch gesehen, versteht sich. Er gibt Michelle kleine Hausaufgaben, die sie bis zum Folgetermin versuchen soll zu bearbeiten: jeden Morgen sich selbst im Spiegel mit einem Lächeln begrüßen, den Fragen, die auf sie einstürmen, laut zu sagen, sie sollten sich vom Acker machen (Das müssen Sie richtig laut rufen! Sie glauben nicht, wie man sich selbst programmieren kann!), und auch Manuel laut zu sagen, er solle sich vom Acker machen.

Aber er hat doch keine Wohnung, schluchzt Michelle.

Also die praktische Umsetzung überlasse ich Ihnen, sagt der Psychologe, ich kann Ihnen nur Impulse geben.

Aber Michelle, in der sich die kleinen Krisen der letzten Module zu einem untilgbaren Knötchen verdichtet haben, ahnt, dass es so einfach nicht sein wird und dass der Psychologe die Tragweite dieser neuen Krise vielleicht gar nicht ermessen kann, und dass sie Manuel so leicht nicht loswerden wird, und außerdem fühlt er sich gut an, sein verfilztes langes Hippiehaar, seine breiten Hände, an seinem Hals haben sich vom vielen Didgeridoospielen merkwürdige Muskelstränge ausgebildet, und er trägt einen süßlichen Kräuterduft mit sich, den sich Michelle lange nicht erklären kann, bis sie eines Abends früher nach Hause kommt und, als sie in ihr Zimmer tritt, Manuel von hinten sieht, der weit aus dem Fenster hängt und an einer Papiertüte saugt, die genau jenen Duft verströmt, und als er sich zu ihr umdreht, sagt er grinsend, willst du auch. Da weiß sie, dass er auf Abwege geraten ist, dass nichts mehr sie verbindet und dass der Psychologe völlig recht hat; wer weiß, wozu ein Drogenabhängiger fähig ist (Manuel ist fähig zu einigen sehr angenehmen Dingen, wenn er sie im Arm hält, Zärtlichkeiten, die ihm vor Australien niemals in den Sinn gekommen wären und Michelle erst recht nicht, also war die Zeit doch zu etwas gut, Auslandserfahrungen sind eben immer ergiebig, andererseits: wie hat er das gelernt, mit wem hat er geübt?), woher er die Drogen bekommt und ob er jemals den Absprung schafft (vielleicht will er auch gar nicht). Wenn sie reden, endet es jedes Mal mit Tränen (bei Michelle) und Unverständnis (bei Manuel). Einmal hat sie Manuel ein hübsches neues T-Shirt mitgebracht, ein schlichtes weißes mit einem kleinen Kragen, den Manuel so bösartig verspottete, dass sie zu guter Letzt das ganze T-Shirt in den Müll stopfte (aber in welchen?).

Manuel: Du willst mich zum Streber machen!

Michelle: Ich dachte nur, du brauchst mal was Neues, ich meine, du siehst ganz schön zottelig aus –

Manuel: Du willst mich verkleiden, was? Damit ich

so aussehe wie deine Streberfreunde? Die sind doch alle karrieregeil. Die sterben mit dreißig am Herzinfarkt. Die haben überhaupt keinen Spaß. Oder hast du Spaß?

Spaß, Spaß, was soll das, Michelle ist nicht auf Spaß aus, oder doch, aber nicht nur, sie weiß, dass sie in einer oberflächlichen, schnelllebigen Spaßgesellschaft lebt, in der Konsum und Karriere ganz großgeschrieben sind, aber das gilt nicht für sie, sie hat andere Werte, und sich dabei ein bisschen zu amüsieren, ist doch nicht verkehrt, aber das ist nicht der Spaß, den Manuel meint, und wenn sie sich allzu lang streiten, hilft nur noch ein bisschen Spaß im Bett, bei dem Michelle auch wieder ein schlechtes Gewissen hat, weil

a) Manuel laut lacht, schreit und stöhnt und die Mitbewohnerinnen alles hören können
b) sie nicht weiß, ob sie überhaupt mit Manuel zusammen ist
c) sie nicht weiß, mit wem Manuel noch zusammen ist (sie sieht ihn ja tagsüber gar nicht, weil er noch schläft, wenn sie ins Seminar geht, und oft unterwegs ist, wenn sie wiederkommt)
d) Manuel drogenabhängig ist, und vielleicht hat er eine ansteckende Krankheit
e) es so viel Spaß macht, dass es eigentlich verboten sein müsste

f) der Psychologe gesagt hat, sie solle Manuel loswerden, und sie weiß, dass er recht hat
g) sie schwanger werden könnte
h) ihre Eltern Manuel nicht gutheißen (und gar nicht wissen, dass er wieder da ist und im Bett ihrer Tochter schläft)
i) Manuel nichts aus seinem Leben macht und das vielleicht auch ansteckend sein könnte (Leben in den Griff kriegen! Vgl. Punkt h)
j) sie eigentlich keine Zeit hat und für ihr Studium lernen müsste
k) es viel praktischer wäre, wenn sie einen Kommilitonen zum Gespielen hätte, der könnte sie abfragen, mit dem könnte sie dann auch zusammen lernen (oder von ihm lernen), der wüsste, wie sie tickt, ein junger Dozent böte sich erst recht an, was das Lernen angeht, nur ist die Konkurrenz natürlich riesig.

Und doch: sie kennt Manuel schon so lange, er ist so zärtlich, er fühlt sich so gut an, vgl. oben, er hat kein Zimmer (sucht aber auch keins, wozu auch), sie ist nicht allein. Sie sollte sich eine kleine Katze anschaffen, das wollte sie ja immer schon, dann wäre es leichter, sich über die Trennung hinwegzutrösten. Oder eine große Katze. Oder eine herrenlose Katze.

Michelle googelt im Internet nach Tierheimkatzen. Es gibt Millionen. Sie verbringt Stunden damit, sich Bilder von getigerten, schwarzen, weißen, rassigen, räudigen, jungen, greisen, pelzigen, abgemagerten, spanischen rumänischen bulgarischen deutschen Streunerkatzen anzuschauen, während Manuel Gedichtbände liest, die er aus Australien mitgebracht hat, oder, inzwischen ganz offen auf ihrem Bett, Tüten bastelt und das Bettzeug vollkrümelt. Als sie hochschaut und den Blick schweifen lässt, über ihren streunenden Liebhaber, der ihr jeden Morgen, falls er schon wach ist, angewidert nachschaut, wie sie davoneilt zu ihren Veranstaltungen, dezent geschminkt und gut vorbereitet, und der seine Gedichte so liest, als wären auch sie eine Droge (mit abwesender Miene, halb geöffnetem Mund und starrem Blick; wie will er sie denn so verstehen? analysieren? interpretieren? rhetorische Figuren, Metaphern, Reim, Metrik?), und über die leicht unscharfen Katzenbilder, die sie eins nach dem anderen anklickt, anstatt die Gliederung zu ihrer Hausarbeit im Modul 3 zu entwerfen, merkt sie, dass sie kurz davor ist, in eine Sackgasse zu geraten (Peripetie, Wendepunkt, dramaturgisch notwendig, im tatsächlichen Leben anstrengend, verwirrend und unvorhersehbar).

Ohne sie.

Denn auf einmal weiß sie, was zu tun ist.

Sie braucht: ein Auslandssemester.

Es muss ja kein ganzes Semester sein.

Es könnte ja auch ein Blockpraktikum sein. Vielleicht in einer Medienagentur.

Oder ein Minimodul. Einige Wochen. Damit sie das Semester nicht verliert. Es soll ja keine Lücke in ihrem CV entstehen. Man kann ja auch in ein paar Wochen einen schönen Eindruck von Land und Leuten kriegen. Und die Sprachkenntnisse festigen. Und Lebenserfahrungen sammeln (davon hat sie eigentlich genug).

Also vielleicht ein Kompakt-Block-Stay-Abroad, so etwas in der Art, das wird es doch wohl geben. Das kann ruhig ein bisschen was kosten, die Eltern zahlen, schließlich ist so etwas Teil der Ausbildung, schließlich macht sie dort wertvolle, unersetzliche, unbezahlbare Erfahrungen und kann Manuel hinter sich lassen und ihr Leben wieder in den Griff kriegen.

Also doch keine Katze! Zum Auslandsamt. Heißt jetzt International Agency. Zimmer untervermieten (an Manuel? nein!). Leben in den Griff kriegen.

Während sich der Keltologe Georg Hahnel arbeitslos meldet und gleich von einem Psychologen des Hochschulteams der Agentur für Arbeit aufgefangen wird, der zufälligerweise ein Badminton-Partner des neuen Uni-Psychologen ist, und während Herr Birkner über weiteren Strategien zur Verschlankung des Personals brütet und schon einige gute Ideen hat (eine davon ist die Abschaffung der Frauenbeauftragten, die sehr lästige Fragen stellt) und während der Rektor sich auf einer von langer Hand geplanten Internationalen Konferenz zur Reform des Hochschulwesens auf Kreta befindet (natürlich hätte man auch in Bielefeld tagen können oder in Leeds, aber etwas Sonne ist gut für die Atmosphäre, und Exkursionen zu den Kulturstätten der griechischen Antike sind gut für das Rahmenprogramm und für die Inspiration), arbeitet sich unsere Michelle also tapfer voran in ihrer Liste, eigentlich ist sie sehr reif für ihr Alter, sie könnte ja auch die Fassung und ihre Ziele aus dem Auge verlieren, aber stattdessen gibt sie ihrem Leben eine Form (die Liste), um die viele von uns sie beneiden könnten, und es ist nicht so, dass ihr alles in den Schoß fiele.

Das Auslandssemester. Das könnte ja ganz leicht gehen: Antrag, Antrag bewilligt, losfahren, fertig. Stattdessen: jammert Manuel, dass sie es sich zu leicht mache und flüchte, statt sich mit ihm und ihrem Leben auseinanderzusetzen (und was hat er gemacht?); jammern die Eltern, dass sie Zeit, womöglich ein Semester und den Anschluss an die Kommilitonen verlieren wird; jammert der zuständige Berater im International Office, dass alles nicht so einfach und er kein Reisebüro sei und wohin sie denn wolle und ob es plausible Gründe dafür gebe, vor allem wissenschaftlicher Art, und dass sie die Anträge fünfmal und nicht nur dreimal ausfüllen müsse, und dass sie von ihm keine Hexerei erwarten könne, er habe unglaubliche Mengen von Anträgen zu bearbeiten, sie sei nicht die einzige, und sie müsse eben warten, sechs Wochen, acht Wochen, das könne er nicht abschätzen bei den Mengen von Anträgen, die er noch vor sich liegen habe, sie könne ja selbst diese Stapel sehen, und wenn sie nicht ein hieb- und stichfestes Gutachten nachreiche, könne er ihr sowieso nichts versprechen. In der Zeit, in der Michelle ihm zuhört (mehr als zwanzig Minuten), hätte er längst, findet sie, die Formulare fertigmachen können, aber mit dem Gutachten hat er sogar recht, ihr Gutachten ist nichtssagend, es stammt von dem hübschen Junganglisten, der es in vier Minuten herunterschrieb, während sie daneben stand, und währenddessen immer wieder ihren Namen vergaß, so dass sie ihm soufflieren und am Ende sogar selbst mit Tipp-Ex nachbessern musste (zweimal Claudia statt Michelle).

Sie überlegt, zu wem sie noch gehen kann: zu Heike Blum? Zu dem alten Professor? Zu einem der Lehrbeauftragten (die allerdings größtenteils keine Büros, also auch keine richtigen Sprechstunden haben, damit sie sich gar nicht erst einbilden, es sich gemütlich machen zu können; wer erst ein Büro hat, wird sentimental, stellt ein Sofa und eine Kaffeemaschine auf, hängt Poster an die Wand und meint, über Rechte und Ansprüche zu verfügen)?

Sie entscheidet sich für den Mittelbau. Einer von diesen immer etwas bleichen, absichtlich unmodisch, gerne auch schwarz angezogenen, übernächtigten, sehr belesenen, unterbezahlten Leuten, deren Namen sich niemand merken kann, die sich aber im Gegenzug auch keine Mühe geben, es hätte auch keinen Sinn gehabt, sich aus den zwei- oder dreihundert Jungen und Mädchen welche herauszupicken, wer wollte ihnen das vorwerfen, Michelle jedenfalls nicht, und sie klopft am erstbesten Mittelbauzimmer, der Mittelbau ist immer da, sie sitzen zu dritt oder viert in den engen Räumen, kochen Tedley's oder Roibuschtee, schicken sich gegenseitig Emails und lästern über die Studenten, die Professoren, den Hausmeister, die Studienbedingungen, das Mensaessen, die Fußbodenbeläge, die Putzfrauen und das Wetter, und einer von ihnen öffnet nun zögerlich die Tür einen Spaltbreit, keine Sprechstunde, schließlich sind sie keine Seelsorger, die immer zur Verfügung stehen, und auch keine Notaufnahme, und schlecht bezahlt sind sie auch, jedenfalls im Vergleich zum Überbau (nicht im Vergleich zum Unterbau und zur Putzfrau, aber dass alles relativ ist, muss man diesen klugen Menschen nicht erklären), und natürlich überarbeitet, sechs Monate Semesterferien im Jahr sind einfach zu wenig, sie schleusen die Frischlinge durch, deren Namen sie sich niemals merken können (die sehen ja auch alle gleich aus, die jungen Leute), sie korrigieren jedes Semester hunderte von Arbeiten über immer die gleichen Themen, und forschen sollen sie auch, alle schreiben Anträge, und alle schreiben auch Gutachten, Semesterarbeitszeitdokumentationen, Empfehlungsschreiben, Prüfungsdokumentationen, Institutssitzungsprotokolle, Geburtstagsglückwunschkarten, die Textmengen, die sie ausstoßen tagtäglich, sind schwindelerregend. Es ginge ja alles, wenn nur die Studenten nicht wären, die in gnadenloser Frische jeden April und jeden Oktober wie ein Tsunami auf sie zurollen, weglaufen geht nicht, man muss sie versorgen, man muss sie sogar bilden, jedenfalls war das früher die Ansicht, die sich zwar allmählich abschleift zwischen ECTS-Punkten und Modulen, aber ein hartnäckiger quälender Rest bleibt doch haften, und wenn man zweihundert ansatzweise gebildet hat, strömt schon die nächste Hundertschaft in die asbesthaltigen Hörsäle, wer hat sich das ausgedacht und wann hört das auf, und hier ist schon wieder eine, die aussieht wie alle, schlank, alert, lange blonde Haare, ein lieber zutraulicher hoffnungsvoller Blick: Michelle, die sich einen Ruck gegeben und an der erstbesten Tür des Mittelbaus erst zaghaft, dann deutlich geklopft hat, aber die Tür scheint schallisoliert zu sein, nichts tut sich, obwohl Michelle ganz deutlich einen Duft nach Earl Grey Tea riecht, der durch das Schlüsselloch dringt, und auch Stimmengemurmel hört, da ist jemand, und sie öffnet mit dem Mut des jungen Menschen, der sein Leben in den Griff kriegen will, die Tür einen Spaltbreit und wispert, Entschuldigung. Sie hört Lachen, das Zischen eines Teekochers, drückt die Tür weiter auf, da sitzt der Mittelbau, ins Gespräch vertieft, zurückgelehnt in seine ergonomischen Stühle, die Bildschirme verbreiten ein lauschiges Licht, jemand erzählt gerade mit ironischem Unterton eine Begebenheit aus dem Seminar, und keiner beachtet sie, erst als sie ihre Tasche abstellt und hustet, guckt jemand unwillig herüber, ja? Zu wem wollen Sie?

Michelle hat vergessen, vorher auf das Namenstäfelchen an der Tür zu schauen, zu Herrn, stammelt sie, ich meine, zu Frau, sie wird tiefrot und zaubert ein säuerliches Grinsen auf die Gesichter des Mittelbaus, also, Sie sollten schon wissen, zu wem Sie wollen. Michelle weicht zurück und will schon die Tür hinter sich zuziehen, da steht einer auf und winkt sie her, na kommen Sie schon, Sprechstunde ist aber vorbei, das wenigstens ist Ihnen klar, oder?

Michelle nickt und versucht, dem amüsierten Mittelbau die Dringlichkeit ihres Anliegens zu schildern, das Auslandsamt, das Auslandssemester, mal rauskommen, auch aus privaten Gründen, aber da hakt der Mittelbau gleich nach, private Gründe, schön und gut, aber hat hier jemand ein Privatleben? Was haben Sie denn wissenschaftlich gesehen für Gründe? Gibt es ein Projekt? Ein Thema? Ein Anliegen? Wissenschaftliche Neugier? Das ist ja kein Reisebüro hier.

Ich brauche nur ein Gutachten, flüstert Michelle und bereut zutiefst, dass sie gekommen ist, das Gutachten des Junganglisten war sicherlich völlig ausreichend, sie will nur noch weg, aber der Mittelbau lässt sie nicht gehen, auf einmal ist sie eine willkommene Abwechslung, man spielt mit ihr, alle lassen die Tassen sinken, drehen sich auf ihren ergonomischen Stühlen zu ihr und betrachten das Schauspiel.

Aber wie, sagt der Mittelbau, soll ich über Sie ein Gutachten schreiben, wenn Sie nicht wissen, was Sie vorhaben.

Ich weiß es doch, flüstert Michelle.

Jetzt sagen Sie nicht, Sie lesen gern und wollen mit Kindern arbeiten, höhnt der Mittelbau, das sagen alle, daraus kann man noch nicht einmal eine Ansichtskarte machen, geschweige denn ein Gutachten. Wissen Sie, woher der Begriff kommt? Gutachten. Aus dem Griechischen natürlich. Etwas für gut erachten. Etwas, ergo: Sie müssen ein Anliegen haben, verstehen Sie. Ein Etwas. Unter uns gesagt: Irgendetwas. Wir sind ja gar nicht so, oder? Der Mittelbau dreht sich grinsend zu seinen Kollegen um. Wir waren ja alle mal jung. Natürlich wollen Sie einfach mal raus. Was? Michelle traut sich nicht zu nicken. Sie starrt den Mittelbau an und hält still.

Dann denken Sie sich etwas aus! Erfinden Sie was! Verpacken Sie sich besser! Suchen Sie sich ein paar schöne Begriffe zusammen! Medialität! Interkulturalität! Oralität! Alterität! Cultural Studies! Das kann doch nicht so schwer sein, steht doch sogar schon in den Einführungen! Nutzen Sie mal Ihre Phantasie! Sie sind doch kreativ, oder? Flexibel? Das wenigstens beherrscht doch Ihre Generation perfekt. Und dann schneidern Sie sich daraus ein schönes kleines Projekt, und dann kommen Sie noch einmal, und wir schreiben Ihnen ein schönes kleines Gutachten, damit Sie nach

Bristol können oder nach Marseilles, suchen Sie sich was in südlichen Klimazonen, dann lohnt es sich wenigstens, oder? Die Kollegen murmeln zustimmend. Michelle murmelt auch, danke, murmelt sie, ich komme dann noch mal in die Sprechstunde, und sie geht rückwärts, bis sie aus der Tür ist.

Modul Vier

Michelles kleine Freundinnen aus Porzellan warten am Morgen schon im Vorzimmer des Professors auf sie: Miau, miau …

Vor und nach dem Auslandsaufenthalt: Lustiges Treiben auf dem Sommerstädter Campus …

Wir können Michelle jetzt nicht fallen lassen. Wir können dieses liebenswerte, verletzliche Mädchen nicht einfach fallen lassen, als sei sie ein Stück Knetmasse, geformt, zurechtgebogen, abgehakt; dieser Erzähler überrascht sich selbst, und das genau ist ja das Schöne am Schreiben, mit einer gerührten Zuneigung zu seiner Heldin und gleichzeitig, wie könnte es anders sein, einer Abneigung gegen diese zynische Büromeute, die auf das Mädchen losging, als sei es ein Vergnügen, einen jungen Menschen, der vielleicht seine Wünsche und Beweggründe nicht so eloquent artikulieren kann wie ein promovierter Literaturwissenschaftler, nachhaltig zu verstören und zu quälen, eine Hetzjagd war das, und man möge dem Erzähler nun nicht vorhalten, er hätte es ja anders schreiben können, wenn er nicht so befangen wäre, wahrscheinlich längst in Michelle verliebt, man kennt das; er hat es ja versucht, aber die Arroganz und Überlegenheit, mit der diese Meute ihm alle Entscheidungen aus der Hand genommen hat, war überwältigend und gnadenlos, er kam einfach nicht dagegen an, so kokett das nun auch klingen mag, es ist eben ein Wahn zu glauben, man könne alles steuern, und wer das nicht weiß, sollte in Sommerstadt studieren.

Michelle jedenfalls war im Ausland. Sie hat es geschafft, natürlich. Es waren letztendlich mehr Plätze frei als Bewerber vorhanden (das weiß sie allerdings bis heute nicht). Das Gutachten des Junganglisten hat völlig ausgereicht. Sie war in Glasgow. Es war großartig. Während der Rektor einen Bandscheibenvorfall hatte, von dem er sich nur langsam erholt, so dass die Reformen mehrere Monate ins Stocken gekommen wären, wäre da nicht der umsichtige, entscheidungsfreudige Herr Birkner, der in dieser schweren Zeit gleich das Steuer in die Hand genommen und im Sinne des Rektors Entwicklungen beschleunigt und Maßnahmen eingeleitet hat; während sein Pressesprecher nur an den täglich bemerkbaren Fortschritten seines Babies (aus dem Gurgeln wird Brabbeln, dann erste Silben, Wörter, doch, auch Außenstehende mussten zugeben, dass dieses Kind schon mit sieben, acht Monaten die ersten klar vernehmlichen Wörtchen artikulierte, »bar« zumindest musste Ball heißen, oder Papa, wahlweise auch Mama) und dem proportional wachsenden Unmut seiner Frau, die sich langweilte und fand, dass er mehr zu Hause sein müsste, merkte, dass überhaupt Zeit verging (den Wetterbericht schaute er schon seit Jahren nicht mehr, es betraf ihn einfach nicht, ob es schneite, stürmte oder eben nicht, die Straßenbahn fuhr immer, und die Klimaanlage hatte noch nie versagt), und daran änderte die Krankheit des Rektors überhaupt nichts, im Gegenteil: er schickte täglich ein Gewitter aus Emails, Faxen und SMSen, die er sofort beantwortet und umgehend in der Zeitung zu lesen wünschte, jetzt wo er nicht selbst anwesend war, erst recht, denn man musste präsent bleiben, immer präsent bleiben; während Heike Blum sich einen Ruck gegeben, einen Antrag auf ein Frauenförderungshabilitationsprogramm gestellt, sich noch einige Male mit dem Keltologen zu nachmittäglichen, sehr erquickenden Stelldicheins und mit dem neuen Psychologen zu einem Spaziergang durch Sommerstadts Flussauen verabredet hat (die Springli, Sommerstadts kleiner, aber sauberer und funkelnder Fluss, der sich auf jeder Broschüre gut macht, einige Studenten federballspielend oder lesend an den Uferböschungen verteilt, ein schönes Bild, hat schon für so manchen Spaziergang herhalten müssen, und der neue Psychologe schätzt fließendes Wasser sehr, weil es das Leben in seiner Unaufhaltsamkeit verkörpert, man steigt eben niemals zweimal in denselben Fluss, also ist ein Gang an der Springli entlang eine angenehme Kür in Gelassenheit, die selbst einem gestandenen, durchtherapierten Psychologen immer wieder nur gut tun kann); während der Junganglist mit diffusen Anzeichen eines Hörsturzes zu kämpfen hatte, oder eher Vorboten, jedenfalls beunruhigenden hochfrequentigen Pieps- und Klingeltönen, die sich mitten in der Nacht in seinen Schlaf bohrten, aber auch in Seminarsitzungen für Aufregung sorgten, weil er, wenn die Töne losschrillten, die Referate seiner Studentinnen nicht mehr hören konnte und zunächst versuchte, das zu überspielen, bis die ersten Zwischenfragen an ihn kamen, der eben doch mehr wusste als die Mädchen, und da musste er dann passen und die Schultern heben, was ihm als maßlos abwertende Körpersprache ausgelegt und entsprechend schlecht evaluiert wurde, was ihm noch nie passiert war (nicht dass er schon viele Evaluationen erlebt hätte, er ist einfach zu jung); während Manuel in seiner neuen WG versuchte, Michelle zu vergessen, was in Australien gar kein Problem gewesen war, ihn aber nun als Zurückgelassenen in eine leicht verbitterte und zugleich rührselige Einsamkeit stürzte, die er nur mithilfe seiner jungen, wilden Mitbewohnerin, einer Aushilfsbäckereiverkäuferin, und ausgiebigen Kiffereien überhaupt aushielt; während Michelles Eltern ihre Tochter vermissten, die sie zwar nicht weniger sahen als in den letzten Semestern, aber nun war sie eben doch weiter weg, die Webcam zeigte ihnen ein wächsernes Gesicht in einem überraschend unordentlichen Zimmer, das sah nicht gut aus, und wie es wirklich in Michelle aussah, wenn sie sich nicht für die wöchentlichen Web-Telefonate zurechtmachte, wusste ja keiner, es konnte ja sein, dass sie in schlechte Gesellschaft geraten war, obwohl sie ihr natürlich rückhaltlos vertrauten (und dass sie von diesem Manuel loskam, war ein großer Vorteil), schließlich kostete das Ganze ja ein Sümmchen, und all die Zeit, die man vielleicht auch besser hätte einsetzen können, andererseits: Auslandserfahrungen, unbezahlbar, das sagten alle, jedenfalls wären sie nur froh, das Kind wieder daheim zu wissen oder wenigstens in der Nähe; währenddessen hat Michelle vieles gelernt.

Sie hat gelernt: mehr als ein halbes Maß englisches Bier zu vertragen, Manuel nicht zu vermissen, über das Wetter zu reden, mit hoher Stimme zu lachen, Essays über ungelesene Bücher zu schreiben, im Straßenverkehr erst nach rechts, dann nach links zu schauen, den Müll nicht zu trennen, wie man Leicester und Worcester richtig ausspricht, wie man so tut, als ob man einen Joint raucht, Toast mit Hefeschmiere zu mögen, Brötchen mit Margarine und Pommes zu mögen, Instantkaffee zu mögen, das Wort »fuck« beiläufig in Sätze einzuflechten, in Kneipen nicht über Lebensplanung zu reden, Professoren beim Vornamen zu nennen (aber nicht alle), im Kanuclub Kanu zu fahren, im Debattierclub zu debattieren, mit der Mountaineering Society auf umliegende Berge zu steigen und hinterher wiederum mehr als ein halbes Maß Bier zu vertragen, Manuel nicht mehr zu vermissen, über das Wetter zu reden (aber darin war sie vorher auch ganz gut), noch mehr Essays zu schreiben, mittags auf kurz geschorenem Rasen mehr als ein halbes Maß Bier zu trinken, sich die Beine öfter als alle drei Wochen zu rasieren (wöchentlich), sie hat also gelernt, ungewohnte Dinge zu tun, und das hat sie innerlich weitergebracht, sie lässt sich nun nicht mehr alles gefallen, sie hat ein anderes Auftreten, zumindest fühlt es sich etwas anders an, die rasierten Beine gleiten angenehm widerstandslos in den Hosenbeinen auf und ab, man darf die kleinen Veränderungen gar nicht unterschätzen. Auch ihr Blick auf

Deutschland hat sich verändert, oder sagen wir leicht verschoben, sie hat gelernt, das deutsche Umweltbewusstsein zu schätzen (all die Plastiktüten, die in den englischen Supermärkten verschleudert werden, später fliegen sie dann auf Parkplätzen und an Straßenecken herum, das gibt es einfach in Deutschland nicht), zum Beispiel, und das Studium in Sommerstadt erscheint ihr nun nach all dem Essay-Schreiben wie ein Zuckerschlecken, die paar Hausarbeiten, wissenschaftliche Neugier hin oder her, die wird sie nun im Flug heruntertippen, und mit den Fußnoten wird sie auch freizügiger umgehen, in den Essays gibt es gar keine, also sollen sich die Frau Blums und Herren Junganglisten auch nicht so haben oder mal einen Austausch nach England machen, und außerdem hat sie sich vorgenommen, mit ihrem neuen Selbstbewusstsein vielleicht wissenschaftliche Hilfskraft zu werden, das wäre ein besserer Job als die ewigen Praktika bei Event Now und Event Time oder wie sie hießen, und nach dem Studium wird sie sich beim Goethe-Institut bewerben, denn Auslandserfahrungen hat sie ja jetzt, und sie will auf jeden Fall noch mehr von der Welt sehen, und Lehrerin kann sie ja immer noch werden. Im Goethe-Institut in Glasgow hat sie manchmal Filme geschaut und einmal sogar auf einem Stehempfang Häppchen gegessen, sie kam nur zufällig vorbei, auf dem Weg zu einem Saufabend der Mountaineering Society, und da winkte sie jemand, der fand, dass sie deutsch aussah, einfach herein, wenn das nicht gastfreundlich war, und es stellte sich heraus, dass es gar nicht schwer war, mit den Kulturchefs vom Goethe-Institut ins Gespräch zu kommen, weil in England immer alle ins Gespräch kommen, sogar die Deutschen, und vielleicht waren es auch gar nicht die Chefs, aber sie trugen alle Namensschilder und diskutierten über Filme und die Wirtschaftskrise, und Michelle stand dabei und nickte interessiert und aß Käsehäppchen und konnte sich sehr gut vorstellen, in diesem anregenden Umfeld später tätig zu werden.

Verliebt hat sie sich nicht, weil die englischen Jungen allesamt sehr blass und schmal waren und rosa Gesichter hatten, die sie zwar niedlich, aber nicht anziehend fand, Manuel war da ein anderes Kaliber, aber an den wollte sie ja nicht mehr denken. Außerdem verwickelten die rosa Jungen sie immer in politische Debatten, sie wollten ihr klarmachen, dass sie nicht in England, sondern in Schottland war, aber Michelle fand den Unterschied nicht sehr plausibel, englisch sprachen ja alle, und dass es in Glasgow mehr Whiskey gab als anderswo in England, war noch lange kein Grund, ständig auf Identitätsfragen herumzureiten, sie sprach ja auch nicht dauernd über die DDR. Um den Jungen eine Freude zu machen, lobte sie die schottischen Berge und den ruppigen Dialekt (dafür wurde sie mit einigen erfreulichen Nächten belohnt, die sie natürlich nicht ausschlug, schließlich wollte sie Erfahrungen machen und war noch nie mit rosigen Engländern im Bett gewesen –

sie waren so mager, dass Michelle am nächsten Morgen blaue Flecken von den englischen Rippenbögen und Ellbogen hatte, aber auch sehr höflich und fragten immer, bevor es zur Sache ging, ob es alles recht sei). Sie gab auch zu, dass die schottische Selbstverwaltung eine gute Idee war, obwohl es ihr so schien, als ob alles, was Einfluss hatte, sowieso englisch war, und eigentlich ging es sie ja auch gar nichts an. Das war auch eine wichtige Lektion: Nicht alles geht sie etwas an, es ist gut, allzu fremden oder schwierigen Zusammenhängen nicht auf den Grund zu gehen, man muss sich zurückhalten und sich auf das beschränken, was man kennt und kann, und das gilt auf jeden Fall auch für das Studium in Sommerstadt, das Michelle nun mit neuem Elan, aber auch einer Reife angeht, die sie schon am zweiten Tag befähigt, zum Junganglisten zu gehen und zu fragen, ob er sie brauchen kann.

Noch ist sie so frisch, dass sie sich ständig umschauen muss, ob alles immer noch so ist, wie sie es verlassen hat, und erst nach und nach stellt sie beruhigt fest, dass sich an der Universität Sommerstadt nichts, aber auch gar nichts verändert hat, von der Mensa wehen dumpfe Schwaden herüber, die Bibliothek ist leer wie immer, vor dem Vorlesungsgebäude bietet immer noch der zottelige Buchhändler seine abgegriffenen Taschenbücher feil, die niemand kauft, weil es das alles längst kostenlos im Internet gibt und sowieso niemand Zeit zum Lesen hat, die Türen des Mittelbaus sind fest geschlossen, dahinter hört sie das Fauchen von Teekochern und höhnisches Gelächter, die Wände machen wie immer einen leicht aufgeweichten Eindruck, die Ecken in den Gängen sind nicht gewischt, weil die Wischmaschinen der Putztruppe keine Feineinstellung haben, überall liegen Flugblätter von Nina und ihren Freunden gegen Kapitalismus, Krieg, Studiengebühren und Nordkoreas Atomtests. Nur als sie am Rektorat vorbeikommt, um im International Office ihren Bericht abzugeben, fällt ihr plötzlich etwas ins Auge: Die alten vermoosten Philosophen, die die letzten hundert Jahre das Eingangsportal bewacht haben, sind offenbar abmontiert worden; an ihrer Stelle glänzt nun gleich neben der schwungvollen Steintreppe ein riesiges edelstählernes Schild, auf dem neben dem Logo der Universität in großen schwarz eingesenkten Lettern zu lesen steht:

ELITE UNIVERSITÄT
INTERNATIONAL UNIVERSITY
SOMMERSTADT

Zum ersten Mal glimmt da in ihr ein warmes Gefühl auf, etwas wie Zugehörigkeit, Stolz auf ihre Alma Mater, die sich so prächtig präsentieren kann und darf und auch soll, eine ganze Weile steht Michelle vor dem Schild und sinniert, fast hätte sie vergessen, dass sie doch noch beim Junganglisten ihre Karriere, die neu erdachte, mit englischem Elan geplante Karriere festklopfen will, da fällt ihr Blick plötzlich auf Manuel. Sie haben sich seit ihrer Rückkehr noch nicht wieder gesehen, Michelle ist noch nicht gewappnet, sie will ihn natürlich nicht umgehen, sondern sich darauf vorbereiten, ihm Aug in Aug gegenüberzustehen und ihm standzuhalten, sie können ja Freunde sein, sie können zusammen ein Bier trinken gehen, das kann Michelle ja viel besser inzwischen, sie wird ihm von England erzählen, ein Thema, das ihn interessieren könnte, denn allzu verschieden von Australien wird es wohl nicht sein, sie haben etwas gemeinsam, das mit ihrer Liebschaft nichts zu tun hat, das wird der Grundstein sein, auf den sich die Freundschaft errichten lässt, sicher hat er inzwischen sowieso eine neue Geliebte, eine nette Sommerstädterin, das wäre sogar gut, damit Michelle wegen den rosigen Engländern gar keine Gewissensbisse haben muss, was ja auch gar nicht angebracht wäre, denn sie ist nicht mehr mit ihm zusammen. Aber da sieht sie ihn hinten bei den Fahrradunterständen, die weder elitär noch international aussehen, sondern noch genauso verrostet wie immer, und in seinen Armen, an seinen Lippen ein Mädchen, das Michelle noch nie gesehen hat. Keine Frage, es ist Manuel, und keine Frage, er knutscht mit einer Fremden, und bevor Michelle es verhindern kann, rast ihr Herz, die Beine werden buttrig, das Gesicht nass, sie fasst mit einer Hand an das edelstählerne Schild, um nicht in die Knie zu gehen, und schließt die Augen, es ist Manuel, er hat ein anderes Mädchen, wie kann er das tun, was tut er ihr an.

Zitternd lehnt sie an dem Schild, mit zusammengepressten Augen und feuchten Wangen, als jemand ihr kräftig auf die Schulter klopft. Manuel, denkt sie und reißt die Augen auf, aber es ist nur ein amerikanischer Gaststudent im Universitäts-T-Shirt (ein Entwurf, den der Pressesprecher in einem kreativen Schub zusammen mit einer örtlichen Graphikagentur, einem überregionalen Oberbekleidungsfabrikanten und der lokalen Presse auf den Weg gebracht hat, schön gelungen, in vier Farben und drei Größen erhältlich, alle amerikanischen und einige japanische Gaststudenten kaufen am ersten, spätestens am zweiten Tag ihrer Ankunft gleich mehrere und tragen sie abwechselnd das ganze Semester lang, und weil das International Office Sommerstadt beste Beziehungen in die USA hat, blühen Austausch und T-Shirt-Geschäft gleichermaßen), der sich von seiner Freundin vor dem neuen Schild fotografieren lassen will, und Michelle verdeckt das ELIT von ELITE, ob sie bitte etwas zur Seite gehen könne.

Michelle schwankt einige Schritte weiter und wagt einen Blick zu den Fahrradständern, aber Manuel ist nicht mehr da, und auch sonst niemand. Vielleicht hat sie sich getäuscht, sie ist überreizt, all die neuen Eindrücke und die Anstrengung der Wiedereingewöhnung, sie wird so schnell nicht mehr weggehen, man sieht ja, was alles passiert, sobald man nicht mehr da ist. Die Goethe-

Karriere wird sie noch einmal überdenken, aber jetzt geht sie trotzdem zum Junganglisten und wird wissenschaftliche Hilfskraft, sie möchte der Wissenschaft helfen, in welcher Form auch immer, sie weiß, dass damit unter Umständen keine sehr glorreichen Tätigkeiten verbunden sind, Kaffee kochen, kopieren, die Wissenschaft hat sicher noch nicht mitbekommen, dass man heutzutage scannen und downloaden kann, überall stehen noch die alten fauchenden Kopierer herum, vielleicht kann sie da von Nutzen sein und der Wissenschaft ein wenig Know-how beibringen. Da fällt ihr ein, dass der Junganglist, jung wie er ist, sicher mit der Technik der Zeit vertraut ist und vermutlich niemanden zum Kopieren braucht. Sie sollte es mit der älteren Generation versuchen, die zwar mehr Bücher verschlungen hat als gesund ist, aber ihre Vorlesungen noch aus handbeschriebenen vergilbten Papierbögen abliest, die können Hilfe gebrauchen, die werden es ihr danken. Sie ändert die Richtung und steuert statt des Büros des Junganglisten das stattliche Büro des ältesten Lehrstuhlinhabers an. Daran, dass ihr Puls sich nur geringfügig beschleunigt, merkt sie, wie viel selbstsicherer sie in England geworden ist, und Manuel hat sie auch fast vergessen, ein flaues Gefühl in den Knien, das sich bald auflösen wird. Danach wird sie sich mit Manuel verabreden und ein solides Fundament für eine echte Freundschaft gießen. Zum Beispiel in einer schummrigen Studentenkneipe, rauchfrei. Manuel ist schon da.

Michelle: Na du.

Manuel: Mensch hallo Süße.

Michelle: Komm hör mir damit auf. Hab dich gesehen.

Manuel: Wie meinst du das jetzt.

Michelle: Na mit deiner neuen Süßen. Feste am Knutschen.

Manuel (errötet, was in dem Dämmerlicht nicht weiter auffällt): Ja ist das verboten oder was. Du wolltest mich ja los sein. Also was willst du.

Michelle (bricht plötzlich in Tränen aus).

Manuel: Ach komm, Süße. Jetzt trinken wir erst mal was. Ich bestell dir einen Whiskey, ja?

Michelle (lacht unter Tränen): Den gab's in England auch immer.

Manuel: Schottland meinst du.

Michelle: Ist doch egal, wenn du mich fragst.

Manuel: Na so ganz egal ist das nicht, Schottland ist zwar schon lange Teil der …

Michelle: Wie heißt sie?

Manuel: Ich hab dich so vermisst. Ohne dich ist es so öde.

Michelle (schweigt, lächelt zaghaft, nippt am Whiskey).

Manuel: Doch ehrlich. Die war nur für zwischendurch. Die ist nur …

Michelle: Kiffst du noch?

Manuel: Ich hab mir einen Job gesucht, in einer

Bäckerei, das ist cool, wir verkaufen Vollkornbackware, verstehst du, das ist ein guter Markt, und Coffee to go, der ist gar nicht schlecht bei uns, du musst mal vorbeikommen, oder nein, vielleicht doch nicht, oder wie du eben willst, ich meine, du hast ja wohl nicht viel Zeit zum Kaffeetrinken mehr, jetzt wo du wieder da bist, dein Studium …

Seitdem Michelle wissenschaftliche Hilfskraft ist, hat sich ihr Berufswunsch schon wieder geändert. Sie will gar nicht mehr mit Goethe in die Welt hinaus; lieber möchte sie etwas mit Uni machen. Es muss ja nicht gleich die höchste Wissenschaft sein; auch im Kleinen kann man etwas bewirken, das sieht sie nun beinahe täglich am Lehrstuhl. Der alte Professor, für den sie Bücher in der Bibliothek ausleiht, kopiert, Tee aufbrüht, das Büro saugt (mit einem sehr praktischen Handstaubsauger, den ihre Vorgängerin angeschafft hat) und die Gäste aus dem Ausland betreut (essen gehen auf Kosten des Instituts, die Sehenswürdigkeiten von Sommerstadt ablaufen), ist zwar in der Wissenschaft eine Größe (sein Spezialgebiet sind walisische Frikative im 17. und 18. Jahrhundert zwischen Oralität und Literalität), aber ohne Michelles Hilfe weder in der Lage, sich das Jackett zuzuknöpfen (seine Finger sind gichtig), noch, eine Email zu versenden, sie tut das für ihn, und sie tut es gern. Sie fragt sich manchmal, wie er ohne sie zurechtgekommen ist (indem er nacheinander eine Susi, Deborah, Lisa und Ann-Sophie an seiner Seite hatte, und außerdem gibt es ja auch noch Assistenten, aber das muss Michelle nicht wissen, sie darf sich ruhig für unersetzlich halten, in gewisser Weise ist sie das ja auch, allein schon für diesen Roman), und es gibt ihr ein wohliges Gefühl der Einmaligkeit, wenn er ihr mit dem Teetässchen zuprostet, Marianne (obwohl er sich nie an ihren Namen erinnert, wählt er immer den richtigen Anfangskonsonanten, eben ein linguistisch geschultes Gedächtnis, das Michelle rührt), was wäre ich ohne Sie. Stimmt, denkt Michelle dann und wehrt bescheiden ab, und zugleich sieht sie genau hier ihre größten Stärken gefordert und gefördert: Sie bewegt sich nahe an der Wissenschaft, sie hilft dem wissenschaftlichen Denken, ohne es selbst tun zu müssen, sie erfreut andere durch ihr bloßes Dasein, und zudem wird sie auch noch bezahlt, nicht gut zwar, aber ihr kommt es ja nicht aufs Geld an, sondern auf einen Sinn im Leben, jedenfalls vorübergehend.

Also richtet sie sich im Umfeld des alten Professors häuslich ein, sie bekommt ein Eckchen in seinem Vorzimmer, wo sie ihre Jacke aufhängen, seine Emails bearbeiten und ihre Neuanschaffung vom ersten Gehalt, drei schlanke Porzellankatzen, die den Schwanz elegant um die Pfoten geschlungen haben und einen spitzbübischen Gesichtsausdruck haben, neben dem Computer aufstellen kann. Natürlich muss sie, Wissenschaft hin oder her, aufpassen, dass sie ihr Studium nicht vernachlässigt, sie muss jetzt Hauptseminare besuchen, die aber nicht so heißen, sondern Module sind wie alles andere auch und sich zum Glück kaum von den Einführungen unterscheiden, wie immer sitzen alle vierzig oder fünfzig Studenten schweigend beisammen, jemand hält ein Referat, eine schöne Vertrautheit, die gar nicht zu unterschätzen ist, man weiß einfach, wo der Hase läuft. Auch hier ist es hilfreich, sich in den Vorzimmern und Postfächern der Dozenten ein bisschen auszukennen, Michelle sitzt nun nicht mehr allein in den Seminaren, sondern zusammen mit den anderen Hilfskräften, sie plaudern über ihre Herrchen und Frauchen und lästern (aber nie bösartig oder hämisch, nur gutmütig spöttisch) über die Frischlinge, die wieder durch die Gänge strömen und sie manchmal ehrfürchtig ansprechen, als seien sie selbst schon promoviert, aber das kann ja auch noch kommen, kichern sie dann, und in der Tat, alles scheint möglich.

Sogar die aufmüpfige Nina ist gezähmt, man hat sie an der neu eingerichteten Stelle für Studierendenbelange untergebracht, da muss ja auch ein/e Student/in sitzen, damit es glaubwürdig ist, und irgendwie hat sich Nina angeboten, weil jeder sie kennt, und nun bezieht sie das gleiche spärliche, aber regelmäßige Gehalt wie Michelle und ist Hilfskraft für studentische Belange, und weil niemand weiß, was das heißt, verbringt sie sehr angenehme Stunden diskutierend mit ihrem Chef, einem meinungsfreudigen Soziologen, der die Universität trotz Bologna nicht aufgegeben hat, im Gegenteil, sagt er, Bologna ist eine Chance, eine Revolution von oben, die wir aber von unten subversiv füllen können. Nina findet Subversion völlig altmodisch und sagt das auch und blüht auf, weil ihr Chef in die Diskussion einsteigt und im Streitgespräch mit ihr neue Richtlinien für die Reform der Reform der modularen Studiengänge und der standardisierten Abschlüsse entwickelt, da zeigt sich doch, dass Widerstand auch produktiv sein kann, erklärt Nina ihrer Kollegin Michelle stolz, der es völlig gleichgültig ist, wer oder was wogegen welchen Widerstand leistet, aber sie mag Nina inzwischen trotzdem und freut sich, sie so erfrischt und deutlich gereift zu sehen, es scheint, als seien sie alle älter geworden im letzten Jahr, und so ist es ja auch.

Sie lädt sie sogar einmal zu sich in die WG ein, aber das war eine voreilige Entscheidung, denn Nina mag nett und gezähmt sein, wie sie will, aber richtig benehmen kann sie sich nicht, und das hätte Michelle wissen sollen. Schon beim Kaffee sorgt sie für Aufregung, indem sie sich mitten in der WG-Küche eine Zigarette anzündet, Ninas Mitbewohnerinnen fangen sofort an zu husten und reißen die Fenster auf, aber sie sind zu höflich, Nina zu bitten, die Zigarette auszumachen, und Nina ist zu unhöflich, um etwas zu merken. Sie schlägt sich den Magen mit Michelles Spezialkuchen nach dem Rezept ihrer Mutter voll und fragt alle anderen nach ihren Standpunkten zur Studienorganisation und zur Bildungspolitik ab. Michelles Mitbewohnerinnen, die Lehrerinnen werden wollen so wie Michelle früher, finden, dass sich an den Schulen seit PISA viel getan hat und dass sich an den Unis auch gerade sehr viel tut.

Nina lässt fassungslos die Gabel sinken, hä? Was soll sich da gerade tun? Naja, heben die Mitbewohnerinnen an, die solche Diskussionen nicht gewohnt sind und erst einmal warmlaufen müssen, während Nina längst auf Hochtouren ist, zum Beispiel das neue silberne Schild am Haupteingang, und dass sie jetzt eine Elite-Uni sind, und die Geschwisterregelung, dass die Familien nicht so belastet sind und alle zum Studium schicken können, das ist doch gut.

Die Geschwisterregelung. Nina holt tief Luft und erklärt dann mit lauter Stimme, was an der Geschwisterregelung haarsträubend ist, dass sie nicht sozialverträglich ist, dass das Defizit, das sie in die Budgets reißt, nun auf den Rücken der Studierenden gestopft werden wird, dass Studiengebühren als solche sowieso ein Skandal sind, und ob sie überhaupt wüssten, dass es einen ASTA gibt, der ihre Interessen vertritt, und ob sie sich schon jemals an den Wahlen oder an überhaupt irgendwelchen Wahlen oder an überhaupt irgendetwas beteiligt haben. Die Mitbewohnerinnen ringen um ihre Fassung, während Michelle Kaffee kocht, das hat ihre Mutter immer schon getan, wenn der Erregungszustand der anwesenden Personen nicht mehr kalkulierbar war, eine gute Strategie. Statt Nina einfach abblitzen zu lassen, wie sich das Michelle vielleicht inzwischen trauen würde (sie muss es ja nicht ausprobieren, sie zählt gerade die Kaffeelöffel ab, und außerdem hat sie immer schon ein vermittelndes Wesen gehabt), versuchen sich die Mitbewohnerinnen nun zu verteidigen: Natürlich haben sie sich schon bei ganz vielen Dingen beteiligt, vor allem ehrenamtlich, in der Kindergottesdienstvorbereitung, beim Training der Handballjugend, beim Gassigehen im Tierheim, in der Jugendarbeit des Segelclubs, und auch politisch, ja, im Wahlkampf für den Gemeinderat Flugblätter ausgeteilt. Für welche Partei, fragt Nina misstrauisch. Das hat die Mitbewohnerin vergessen, aber darauf kommt es ja auch nicht so sehr an, die sind eh alle gleich. Sie wählt nur Männer, die gut aussehen, kichert die eine Mitbewohnerin, während die andere das mit dem Wählen unsinnig findet und sich lieber in der Vorlesegruppe im Kindergarten einbringen will, weil man den Kindern nicht früh genug Spaß am Leben, nein am Lesen vermitteln kann, das hat auch PISA bewiesen, und darauf kommt es doch wohl an, darum will sie ja Lehrerin werden.

Aha, sagt Nina bockig und will sich noch eine Zigarette anzünden, aber da greift Michelle ein, um schlimmste Zerwürfnisse zu verhindern, sie bittet Nina, doch draußen zu rauchen, da hat Nina schon ihre Sachen zusammengerafft, sie in ihr afghanisches Hippietäschchen gestopft und ist hinausgestürmt. Den restlichen Kuchen essen die Mitbewohnerinnen, sie tauschen ihre Empörung über Nina aus, und Michelle weiß nicht recht, ob sie einstimmen oder Nina verteidigen soll. Aber eigentlich ist sie ganz nett, murmelt sie schwach. Als sie sich am nächsten Morgen im Institut treffen, überlegt sie, ob sie sich bei Nina entschuldigen muss, aber schließlich ist Nina erwachsen und muss damit rechnen, nicht überall gleich gut anzukommen, vielleicht ist sie es auch gewöhnt, auf jeden Fall tut sie so, als sei nichts gewesen und winkt Michelle zu, danke für den Kuchen gestern, morgen ist übrigens Sitzstreik, machst du mit?

Aus der Sicht der Universitätsleitung und Verwaltung ist es natürlich erfreulich, aber nicht dringend erforderlich, dass sich Studentinnen wie Michelle auf einmal so stark an ihre Alma Mater binden. Einer der Lieblingsscherze Seiner Magnifizenz Prof. Dr. Dr. Hans Maurer schon seit Langem und seit dem Bandscheibenvorfall erst recht:

(an den Pressesprecher, einen Gastprofessor, Journalisten der örtlichen Presse oder wer sonst gerade in der Nähe ist) Wissen Sie, was unser Leben wesentlich erleichtern würde? (Ahnungsloses Kopfschütteln des Gesprächspartners) Wenn wir die Studenten abschaffen könnten! (Lautes Gelächter des Gesprächspartners)

Gesprächspartner (in scherzhaftem Ton): Die lassen sich auch so schlecht standardisieren!

Rektor (mit einem Mal ernst): Das ist in der Tat ein Problem.

Gesprächspartner: Wie meinen Sie das, Magnifizenz?

Rektor (bescheiden): Bitte bitte, lassen Sie das, wir sind doch ganz informell hier versammelt.

(Der Pressesprecher schreibt eifrig mit.)

Rektor: Also, ich meine, dass wir doch mit unseren Standardisierungsstrategien, was die Modularisierung, die BA- und MA-Strukturen angeht, schon sehr weit gediehen sind. Heterogenität, und zwar derart, dass daraus für uns Probleme entstehen, gibt es doch nur noch bei den Studierenden!

Gesprächspartner (stockend): Ja – und was heißt das?

Rektor (sanft tadelnd): Mein Lieber, jetzt sind Sie aber ein bisschen schwerfällig, oder (schäkernd) Sie wollen nicht verstehen, hm? Es liegt doch eigentlich, meine ich, auf der Hand, dass wir nicht nur die Bologna-Studiengänge brauchen, sondern auch den Bologna-Studenten.

Gesprächspartner: Ja, äh, aber wir können doch nicht nur Studenten aus Bologna zulassen, so viele gibt es doch davon gar nicht!

Rektor (zunehmend ungehalten): Natürlich nicht, Sie Witzbold! Was mir vorschwebt, ist eine Normierungsapparatur für Studierende! Irgendwas, eine Strategie, ein Auswahlsystem, eine Schulung, eine Art Vorschule für die Universität, damit sie dann alle mit den gleichen Voraussetzungen starten! Die deutschen Schulen leisten das ja gar nicht mehr heutzutage, da kann man doch sagen, was man will! Die haben doch keinen verbindlichen Wertekanon mehr! Also müssen wir das tun. Wir sichten die Bewerbungen, schmeißen die Querulanten und Spinner raus, den Rest lassen wir zu, schulen ihn zwei, drei Monate intensiv, Schlüsselkompetenzen, Kreativitätsförderung, ein bisschen Marketing kann auch nicht schaden, Computerskills, Personality Training, und schon stehen sie alle gut da! Alle gleich! Ich meine, alle mit den gleichen Voraussetzungen!

Gesprächspartner (erleichtert): Ihnen geht es also um soziale Gerechtigkeit?

Rektor: Endlich haben Sie mich verstanden, mein Lieber. (zum Pressesprecher) Haben Sie das auch alles notiert? Wir sollten bald wieder eine Podiumsdiskussion zu dem Thema veranstalten. Aber laden Sie nicht wieder diesen gemeingefährlichen Soziologen ein! Ich mache Ihnen eine Vorschlagsliste.

Der Pressesprecher seufzt und fasst sich in den Nacken, der sich steinern anfühlt. Sein Kind kann inzwischen mehrere gut verständliche Worte äußern, »Papa« gehört nicht dazu. Damit ihn die Arbeit nicht auffrisst, geht er nun einmal die Woche ins Fitness-Studio (eigentlich sollte es zweimal sein, aber das ist unrealistisch) und nimmt den Kleinen mit, damit seine Frau etwas Zeit für sich hat. Den Kleinen gibt er in der Kleinkindbetreuung ab, wo er vergnügt in Spielzeugautos beißt und feinmotorisch wertvolle Gummiringe hin- und herschiebt und weint, wenn sein Vater ihn wieder abholt. Bevor er sich an die Geräte macht, späht er sicherheitshalber eine Weile durch den Türspalt der Kleinkindbetreuung, weil er sich neulich auf dem Laufband plötzlich neben Seiner Magnifizenz fand, die seit dem Bandscheibenvorfall auch regelmäßig trainiert, nur rückenschonend selbstverständlich, deswegen nicht Laufband, sondern Bio-Runner, Hans Maurer in einer engsitzenden Jogginghose, mit riesigen Laufschuhen an den Füßen, die der Pressesprecher in den letzten fünf Jahren tagaus, tagein nur in handgenähten Lederhalbschuhen gesehen hat, ein Handtuch um den verschwitzten Hals, der Anblick war so schockierend, dass der Pressesprecher unwillkürlich aufhörte zu laufen und dadurch auf dem Laufband ins Taumeln geriet, nicht wusste, wo er sich festhalten sollte und schließlich mit dem Kinn auf die Automatikschalter schlug, bis endlich ein Fitnessmädchen angerannt kam und die Maschine ausstellte und, so kam es ihm vor, spöttisch fragte, ob er sich wehgetan habe, natürlich hatte er das, er blutete sogar etwas, und der Rektor reichte ihm sein blütenweißes Handtuch zum Abtupfen, aber das konnte er nicht annehmen, denn Blutflecken lassen sich nicht mehr entfernen. Um solche Begegnungen in Zukunft zu vermeiden, schaut er nun immer erst, ob die Luft rein ist, bevor er sich vorsichtig auf das Laufband stellt. Inzwischen weiß er, wo er sich festhalten kann.

Das Konzept der Bolognisierung der Studierenden hat durch seine rastlose missionarische Tätigkeit rasch in Sommerstadt die Runde gemacht und zu einem Sturm von Vorschlägen, Anträgen, Papers, Zukunftswerkstätten, offenen Workshops und Konzeptpapieren geführt. Das Zentrum für Schlüsselkompetenzen, die Gleichstellungsbeauftragte, die Stelle für Studierendenbelange, das Medienzentrum, der Exzellenzkader, die Bolognaberatung, der Universitätspsychologe, die Vereinigung kleiner Fächer, der Philologenverband, der Personalrat, der Asta, die Dekanate, das Schreibzentrum, die Hausmeister – alle sehen neue Betätigungsfelder, die nur darauf warten, bestellt zu werden, und je schneller man da den Fuß in der Tür hat, desto besser, zumal es sicher Fördermittel für dieses innovative Konzept geben wird, die sich erfahrungsgemäß schlecht aufteilen lassen. Die Besten kriegen am meisten, das weiß jeder, und das ist ja auch der Grundgedanke einer Eliteuniversität, berichtet die örtliche Presse, so der Pressesprecher der Universität, sage der Rektor, wie der Landesrektorenverband, im Sinne des Ministeriums.

Auf der Universitätsseite der örtlichen Presse erscheint ein schönes Bild: Rektor, Pressesprecher, eine Delegation der neuen japanischen Partneruniversität Sugoyami (Asien ist groß im Kommen), und dazu eine

Grundsatzrede des Rektors: Gleiche Chancen für alle – die Bolognisierung im studentischen Profil.

Michelle, die sich angewöhnt hat, morgens in ihrer WG ein bisschen in der Zeitung zu blättern (und das Fernsehprogramm auszuschneiden, weil sie abends nach der Arbeit und dem Studium so erschöpft ist, dass sie keine Zusammenfassungen mehr lesen kann, sie hat schon lange genug in den Computer gestarrt), stößt auf die Rede und schneidet sie gleich mit aus, weil sie so gut klingt: entschlossen, engagiert, beherzt. Aber als sie im Institut Nina trifft, die wutentbrannt mit dem gleichen Artikel vor jedermanns Nase herumwedelt, sagt sie lieber nichts.

Weißt du, was das heißt, schreit Nina. So aufgebracht hat Michelle sie noch nie gesehen. Weißt du, was der vorhat? Das ist Orwell! Orwell pur! Schöne neue Welt! Michelle hat Orwell nie gelesen, sich aber die Zusammenfassungen gut gemerkt, das ist von Huxley, wendet sie ein, aber Nina hört gar nicht hin, der will Gehirnwäsche! Wir sollen alle gleich sein, verstehst du?

Aber das wäre doch ganz gut, oder, fragt Michelle zaghaft.

Was soll denn daran gut sein, faucht Nina, willst du etwa so sein wie ich.

Och, sagt Michelle höflich, wahrscheinlich wären meine Eltern dann traurig, aber da ist Nina schon weitergestürmt und fuchtelt mit dem Artikel, sie wird etwas organisieren, nun sind die wahren Absichten der

Oberen zutage getreten, sie wollen das freie Denken abschaffen, und dagegen wird es einen Widerstand geben, wie ihn diese Universität noch nie erlebt hat.

Als in der örtlichen Presse ein Folgeartikel erscheint, der ein detailliertes Konzept für die Bolognisierung der Studentenschaft vorlegt und aus dem auch hervorgeht, dass die Schulungsphase vor Studienbeginn natürlich kostenpflichtig sein wird (sozial gestaffelt), brennen im Innenhof der Universität Sommerstadt zum ersten Mal seit vierzig Jahren Papierberge und Müllhaufen, umtanzt von Nina und ihren Freunden, die Schilder und Transparente schwenken: WIR LASSEN UNS NICHT VERHEIZEN! Huxly und Orwell, IHR HABT RECHT! Huxley mit e, flüstert Michelle, die verschüchtert aus dem Vorzimmer des alten Professors hinunterspäht auf die singenden und tanzenden Grüppchen.

Manuel ist auch dabei.

Auf einmal fährt ein Windstoß in die Flammen und fegt brennende Flugblätter quer durch den Hof. Michelle schreckt zurück und verfolgt die Flugbahn der glühenden Bögen, die plötzlich überall sind, in der Luft ein Tanzen von Funken und fliegenden Flammen, Feuer in der Luft, da brennen auch schon die Gebüsche rund um den Hof, die ausgetrockneten Wiesen, ehe sie sich versehen hat, steht der Innenhof in Flammen, Nina und ihre Leute laufen schreiend davon, wo ist Manuel, niemand zu erkennen in dem düsteren Geflacker, eine

Feuerwand frisst sich auf die Gebäude zu, so schnell kann es gehen, denkt Michelle und hält schon den Hörer in der Hand, um die Feuerwehr anzurufen.

Da explodiert ein Funkengestöber in die Luft, ein festlicher Anblick, Zischen und Sprühen, Dampfwolken pulsieren über dem Innenhof und kriechen an den Wänden der Gebäude hoch, wie Silvester, oder wie eine Weltmeisterschaft, eine Tour de France, das ist, ahnt Michelle auf einmal, ein ganz großes Fest, vielleicht das größte, das sie in ihrem Leben feiern wird, und sie lässt den Hörer sinken und schaut andächtig hinaus auf die brennende Universität Sommerstadt.

Räume für Gedanken und Kritzeleien:

Annette Pehnt

Haus der Schildkröten

Roman. 192 Seiten.
Piper Taschenbuch

»Haus der Schildkröten«, anmutig und scheinbar leicht, ist ein Roman über ein großes Tabu: das Ende unseres Lebens und das Sterben. Ernst und Regina begegnen sich immer dienstags, bei ihrem Besuch im Altenheim »Haus Ulmen«. Sie kommen sich näher an dem Ort, an dem nichts eine Zukunft zu haben scheint.
Annette Pehnt, vielfach preisgekrönt, zählt zu den wichtigsten deutschsprachigen Autorinnen.

»Annette Pehnts Stil ist bestimmt von einer geduldigen, unerbittlichen Genauigkeit, die alle Trostlosigkeit aufsaugt wie Herr Lukan den Butterkuchengeruch. Eine Genauigkeit, die ohne jene makabren Pointen auskommt, mit denen sich viele über die menschliche Hinfälligkeit hinweghelfen, solange sie selbst noch genügend Distanz dazu haben.«
Frankfurter Allgemeine Zeitung

05/2200/03/L

Annette Pehnt

Ich muß los

Roman. 125 Seiten.
Piper Taschenbuch

»Dorst schob seinen Einkaufswagen von hinten sachte in Elners Hüfte. Elner drehte sich um, in der Hand eine frostige Spinatpackung. Ach nein, sagte sie und ließ den Spinat sinken. Der spanische Sekt ist im Sonderangebot, sagte Dorst, legte den Kopf schräg und wartete.«
Unergründlich und scheu ist er, der Held in Annette Pehnts kraftvollem erstem Roman. Er läuft in den schwarzen Anzügen seines toten Vaters herum, erzählt als selbsternannter Reiseführer von Limonadebrunnen und Honigfrauen. Seine Phantasie ist grenzenlos, die Nähe zu anderen nicht. Vor allem nicht die zu seiner Mutter und ihrem neuen Freund. Erst als Dorst die junge Elner trifft, scheinen seine Zurückhaltung und seine Rastlosigkeit ein Ende zu finden. Lakonie und leiser Humor vereinen sich in Annette Pehnts Roman zu einer traurig-schönen Geschichte über einen jungen Mann und seine Verbindung zur Welt.

05/1511/02/R